Four Weeks in the Trenches

塹壕の四週間

あるヴァイオリニストの従軍記

フリッツ・クライスラー

伊藤氏貴 訳

鳥影社

Fritz Kreisler

塹壕の四週間　目次

あとがき　中庸の天才
――クライスラーの藝術と生涯をめぐって

塹壕の四週間

あるヴァイオリニストの従軍記

まえがき　本書の背景

本書は、フリッツ・クライスラーの手になる唯一の書物である。

原題は“Four Weeks in the Trenches”であり、副題に“The War Story of a Violinist”とある。一九一五年にHoughton Mifflinから上梓された。見たとおりの小さな書ではあるが、ここには驚くべきことがいくつも詰まっている。

まず先述のとおり、クライスラーは一冊しか本を書かなかったこと。決してマスコミ嫌いではなかったクライスラーは、音楽、特に自作について、公に発言したことが新聞に載ることを許し、また自ら筆を執って寄稿することも度々あったが、それでもそれをまとめて一冊として残すというようなことはしなかった。

そして、書いたただ一冊が、ヴァイオリンとも音楽ともほぼ関係のない従軍記であったということ。副題に「ヴァイオリニスト」とあるのを除いては、本書の中には一度たりとも「ヴァイオリン」は出てこない。もしここに、一演奏家による戦地への音楽慰問の記のようなものを期待するならば、それは裏切られることを先にお断りしておかなければならない。

　書き手が音楽家であったことが戦場で奏功した点は、たしかに一つだけあった。そのことは第一章のおわりに書かれている。しかし、そこにはヴァイオリンはおろか、なんの楽器も歌声もない。あるのは飛び交う砲弾の音と、負傷した者の呻《うめ》きばかりである。クライスラーはここでは音楽家である以前に職業軍人だったのであり、オーストリア軍の自らの隊を率い、ロシア軍と文字通り命を懸けて戦ったのだ。

　本書は正しく「従軍記」なのであり、この中に、あのクライスラーの切なく甘やかな曲と美音とを聴くのは難しい。硬く引き締まったその文体も特筆に値する。たった四週間とはいえ、ここに記されているのは、苛酷極まる経験である。おそらく、今に残された彼の曲と演奏の録音によってのみ彼を知る者にとって、「職業軍人クライスラー」はなかなか像を結び難いだろう。

はたしてこの従軍体験と彼の音楽との間に一体なんらかの繋がりはあるのだろうか。なにがヴァイオリニストとしてのキャリアを危機に晒《さら》してまで彼に従軍を促したのか。この体験によって彼の音楽は変化したのか。それは本書を読み、彼の演奏を聴く一人ひとりが考えるしかない。そのための一助とすべく、本書執筆の背景としてクライスラー個人とオーストリアの当時の状況を以下に簡潔に記す。

まえがき　本書の背景

一八七五年にウィーンで生まれたクライスラーが、第一次世界大戦勃発に際して応召したのは三十九歳のとき。陸軍中尉としてだった。二年前には既に予備役士官としての任期は切れていたが、祖国のために若くもない身を捧げることにした。

十二歳で正式の音楽教育を終えたクライスラーは、演奏活動をしながらも、ヴァイオリンだけに明け暮れていたわけではなかった。将来の途として、父のような医者になることも考え、大学は医学部に進んだ。しかし、一八九五年、二十歳のときに職業として医者になることは諦め、オーストリア帝国陸軍に入隊する。

皇帝親衛隊に配属されたが、そこではたまにヴァイオリンを握ることも許されたようである。さらにその後、平時は一般社会で生活する予備役に回り、一九〇一年一月一日に、「フリードリヒ・クライスラー予備役中尉」としての任を受けた。ここではじめて、クライスラーはヴァイオリニストとして生きることを決意する。

ひとりウィーン郊外の宿屋に引き籠り、ヴァイオリンとだけ語らう時間を過ごし、手指のリハビリをした。ようやく調子を取り戻したと感じられるまでに二か月を要した。

しかしその後、ウィーン宮廷歌劇場管弦楽団の第二コンサートマスターの椅子を志願したところ、審査に落ち、結果としてソリストとして巡遊に出ることになる。ヨーロッパばかりでなく、ロシアやトルコにまで足を延ばし、名声を築いていった。

トルコでは皇帝《スルタン》アブドゥル＝ハミド二世の宮廷で御前演奏をした。バッハの無伴奏パルティータの緩徐楽章の途中で皇帝が手を鳴らしたので、拍手と思って喜んで弾いていたら、お付きの者に「命が惜しくないのか。あれはやめろという意味だ」と囁かれた。テンポの速い軽い曲に切り替えて命拾いをした。

ロシアには二度も行った。一度目に自作によって非常に温かく迎えられ、二度目にはヴィンディッシュ＝グレーツ王女のはからいにより皇帝《ツァーリ》の前で演奏する栄誉が与えられることになっていた。しかし、こともあろうにクライスラーは、旅の途次、ワルシャワで出会ったフィンランド女性に首ったけになり、御前演奏を蹴って一緒にフィンランドに渡ろうとしていた。結局、途中で捕まって国外退去処分にあった。だがもちろん、のちに対ロシアの戦争に身を投じたのは、このときのことを根に持っていたからではあるまい。これはただ、恋に生き、名声には無頓着だったクライスラーの若き日の一ページを成すエピソードにすぎない。

ワルシャワではまた、酒と賭博で有り金ばかりかコンサート用の衣裳まですってしまい、ホテルの給仕の服を借りてしのいだとか、さらにフランスではミミという名のパリジェンヌに入れ込み、ヴァイオリンまで質に入れて貢いだ結果、宿代すら払えなくなったとか、武勇伝には事欠かない。このときは仕方なく父親がわざわざウィーンからパリまで身請けしにいかなければならなかった。女のために大事な商売道具を質入れする二十六歳の放蕩《ほうとう》息子を、それでも父親は温かく迎え入れた。

フリッツの生まれる数年前に初演され、ブラームスもワーグナーも愛したという有名なウィンナワルツ、ヨハン・シュトラウス二世の「酒・女・歌」を地で行くような生き方だ。「酒と女と歌を愛さぬ者は、生涯馬鹿で終わる」というどこまでも軽く明るい南の曲は、北方ハンブルク生まれの重厚ブラームスにとっても、ライプツィヒ生まれの絢爛《けんらん》ワーグナーにとっても、いわば一種の憧れとして外から眺めるものでしかなかったろう。が、生粋のウィーン人であるクライスラーにとっては、その中に生まれ落ち、それを呼吸して成長した空気のようなものだった。

しかしもちろん、ウィーン人がみな終始能天気に暮らしていたわけではない。むしろ、十九世紀はオーストリアとウィーンにとって激動と凋落《ちょうらく》の一世紀だった。

一四三八年以来、神聖ローマ皇帝は、オーストリア大公ハプスブルク家が世襲するようになり、宗教改革やオスマントルコとの紛争による動揺を経ながらも、ウィーンに居を構えるハプスブルク家の版図は広がっていった。

しかし、フランス革命にはじまるヨーロッパ全土の激震は、最終的に神聖ローマ帝国をも消滅させるに至る。一八〇六年にフランツ二世は神聖ローマ皇帝位を退き、あらたに建てたオーストリア帝国の初代皇帝の座に就く。しかし大いに縮小したハプスブルクのこの帝国ですら維持するのは困難で、一八四八年、フランスに端を発するいわゆる「諸国民の春」革命によって再び動揺した帝国は、その後、クリミア戦争ではオスマントルコ側につきロシアとの関係を悪化させ、サルデーニャ王国との戦いに敗れてロンバルディアを失い、一八六六年には普墺戦争で大敗を喫し、オーストリアを盟主とするドイツ連邦が消滅する。

結果として帝国は、領内の諸民族を抑えきることができなくなり、中でも力の強かったハンガリーを分割し、一八六七年にオーストリア＝ハンガリー二重帝国が生まれる。かろうじてハプスブルク家がオーストリア皇帝とハンガリー国王を兼務したが、ウィーンは唯一の首都ではなくなった。フリッツ・クライスラー誕生の八年前のことである。

当時のウィーンの人びとがこうした政治的激動に無縁、無自覚でいられるはずはなかった。その立場は複雑だった。

専制に反発する民族主義が時代の主流ではあっても、ウィーンは帝国の中心であり、そこに住まう多くのドイツ系住民は、帝国内諸民族の中では支配的地位にあった。彼らの多くは、政府の圧政に抵抗しながらも急激な改革は望まず、帝国そのものの解体も、ハプスブルク家の退位も求めてはいなかった。

一八四八年に北イタリアの帝国領からの独立闘争を武力鎮圧した記念に作られたのが、あの『ラデツキー行進曲』である。メッテルニヒによる抑圧政治には反発し、自由を求めていたヨハン・シュトラウス一世は、しかしヨーゼフ・ラデツキー将軍率いるオーストリア帝国陸軍の戦勝を祝い、ウィーンの民謡を採り入れてたった二時間でこの曲を書いたという。

以来この曲は、ワルツ王の代表作というばかりでなく、オーストリア帝国の愛国の象徴となり、のちに政府軍、市民防衛軍にとっての心の支えとして、「ウィーンを革命から救ったのは、ヨハン・シュトラウスである」とまで言われるようになった。

現在でも毎年、ウィーン・フィルハーモニー管弦楽団のニューイヤーコンサートでアンコールとして最後の最後を飾るあの華やかで明るい曲は、実は同時に裏に重いものを抱えていたのだ。

この二面性を持ち、自由と民族主義と愛国との交錯するウィーンでクライスラーは生を享け、十歳から二年間パリに留学した以外は、この街で育った。酒と美しい女性と音楽を愛しつつ、行進曲を聴けば国の行く末に思いを馳せる一人の若者として、陸軍に志願した。

さて、予備役任命のあとに話を戻せば、旅の船中での一人の女性との出会いにより、青年クライスラーの放蕩時代は終わりを告げる。

FRITZ KREISLER AS AN OFFICER OF THE AUSTRIAN RESERVE AND HIS WIFE AS NURSE

パリでの女性を巡る失態からまだ何か月も経っていない頃だったが、クライスラーはまた一目惚れをした。

ニューヨークへの演奏旅行の帰りだった。ハリエット・スミスは離婚歴のある女性だったが、クライスラーには関係なかった。二人は船中で早くも結婚を約束し、翌年に式を挙げた。

一九〇二年、二十七歳で結婚したクライスラーは、以後、この賢妻の支えによって、音楽家として大成していく。ハリエットは、食べるものに気を配り、健康管理、時間管理をするばかりでなく、ステージマネージャーとしても力倆《りきりょう》を発揮し、出演料を大幅に上げさせた。どこにいくのも一緒で、バッキンガム宮殿からクライスラーにお茶の誘いが来たときも、夫一人しか招待されないならば、と断りを入れた。無礼にも思えたが、招待したアレクサンドラ王妃はロンドン訪問が夫人同伴だったことを知らなかったと陳謝し、夫妻をともどもあらためて招待した。

かくして世界各地でヴァイオリニストとして着々と地歩を築いていたクライスラーだが、予備役中尉として、定期的な軍事演習には参加していた。オーストリアを長らく覆っていた雲は、晴れるどころか少しずつ色を濃くしていた。一九〇八年に、オスマン帝国で青年トルコ人革命が起きたのに乗じて、オーストリアはボスニア・ヘルツェゴヴィナを併合した。バルカン半島には不満が充満し、一触即発の「ヨーロッパの火薬庫」と言われるようになっていた。

そして、一九一四年六月二十八日、皇位継承者フランツ・フェルディナント大公が軍事演習視察のためにサラエヴォを訪れていたときに事件は起きた。大公夫妻がボスニア系セルビア人によって暗殺され、オーストリアはセルビア王国に対して七月二十八日に宣戦布告をした。

三日後、七月三十一日にクライスラーは妻と保養に来ていたスイスの温泉で召集令状を受け取る。

GROUP OF OFFICERS AND THEIR WIVES TAKEN AT LEOBEN
BEFORE DEPARTURE FOR THE FRONT

まえがき　本書の背景

この度は演習ではなかった。応召したクライスラーは、かくしてオーストリア兵九十万人が参戦し、うち三十五万人が戦死したレンベルク会戦へと身を投じることになる。

本書はこのときの体験を綴ったものだ。

この小著を、
永遠に変わらぬ感謝と献身の
ささやかなしるしとして、
生涯のいかなるときにも
最も良き友、
最も忠実な仲間であった
愛しき妻、
ハリエットに贈る。

フリッツ・クライスラー

序

大戦における東部戦線[1]での戦闘のこの短い記録は、ある幸運な出会いの産物である。

私は、クライスラー氏がこの国[2]に着いたすぐあとに、夕食を共にする機会にたまたま恵まれた。氏がその戦傷を癒し、退院したばかりの頃である。筆者は二時間ばかり、この偉大なヴァイオリニストが、自身の経験と冒険とについて、控えめながらも生き生きと語るのに驚きかつ感動しつつ耳を傾けていた。私たちの多くがその藝術に深い興味を持つ人間自身の筆によるこの物語を読むのは、アメリカの大衆にとってこのうえなく望ましいものに思えた。さらにまた、ロシア―オーストリア戦線について確かな筋から語られていることはほとんどないため、この話は、同時代の戦史にとって重要な貢献を成すとも思われた。

さんざん説得した挙句、ようやくクライスラー氏は、渋々とではあるが、自分の個人的な戦争の記憶を書いて出版することに前向きになってくれた。氏は非常な困難の中でこの物語を完成させた。国中を巡るコンサートツアーの途上、ホテルや汽車の中で少しずつ書き進めてくれたのだ。本書は、今なお続いている戦争に関して最も興味深く最も伝えるところの多い物語の一つであるという確信の下に上梓され、読者のもとに送り届けられる。

F・G・

1　大戦とは第一次世界大戦（一九一四―一八年）。東部戦線は中央ヨーロッパから東部ヨーロッパにかけて、西部戦線はベルギー南部からフランス北東部にかけて繰り広げられた。

2　アメリカ合衆国

第一章　従軍

模糊たる記憶

オーストリア陸軍の一士官として短期間任務についていたときの自分の印象をここに喚び起こそうとすると、この間の記憶が非常に乱れて混沌《こんとん》としていることに気づく。とても鮮明な経験もいくつかはあるが、それ以外はぼんやり霞んでいる。異なる場所で起きた二、三の出来事が一つに混じり合い、また物事の時間的順序の記憶が失われているものもある。

　時間と場所の持つ価値に対して、記憶が不思議なまでにかくも無関心なのは、おそらく、私が今書き起こそうとしている印象を受けたときの極度の身体的、精神的なストレスのせいだろう。こうした精神状態は、私が戦争中に出会ったほとんどの人の特徴そのものだ。

　また、次のことも忘れられるべきではない。つまり、一夜にして生活の状況を一変させ、国の存在そのものを危うくするほどの大変動は、当然ながら個人など無に等しいものとし、共通の福祉に対するそれまでの関心が個々人に対して払われる余地をも実質的に奪ったということだ。

さらにまた、前線においては、明日という日がまったく不確実であることが、今日の細々したことへの関心を薄れさせるものだ。それがゆえに、もし平時であれば書き残したいと思ったはずの、自分の周りで起きた非常にたくさんの興味深い出来事を、ぼんやりと見過ごしてしまったかもしれない。砲弾飛び交う最前線では、人は奇妙な心理状態、ほとんど催眠状態に陥り、そうした精神状態では、物事を普通の仕方で観察し書き留めることはおそらくできないだろう。私の記憶にいくつかの穴が開いているのはこういう訳だ。

しかも私は、完全に運命に身を委ね、将来については考えないようにしていた。自分の経験についてものを書こうなどとは思いもつかなかった私は、メモも取っていなかったし、細部を再現するのに役立っただろう記憶術的な目印のようなものも持たなかった。

それで、私にできるのはただ、私の頭に強制的に印象を刻みこみ、拭い去れない足跡を記憶に残したエピソードを、断片的に語ることだけである。

召集電報

戦争が勃発したとき、妻と私はスイスで静養中だった。七月三十一日、新聞を開くと、（グラーツに駐屯していた）私の連隊の属する陸軍第三兵団[3]が、動員の召集を受けたと書かれていた。私は二年前に士官としての任務から退いていたが、再任に備えていそぎ妻とともにスイスを発った。折しも、軍への召集の電報が翌日に届いた。

私たちはミュンヘン経由で向かった。ドイツで交戦状態が宣言されたその日のことだった。強い興奮が周囲に渦巻いていた。ミュンヘンでは交通機関はすべて止まっていた。軍用以外の列車は一切走っていなかった。それでもつつがなく移動できたのは、ひとえに、私がオーストリア軍に再入隊したいという願いを明らかにしたからだった。バヴァリアでは民間も公権力も私に対して最大限の配慮を示してくれ、ほぼどこでも通過できた。

3　陸軍の編成は以下の順に大きくなる。小隊（platoon）、中隊（company）、大隊（batalion）、連隊（regiment）、旅団（brigade）、師団（division）、兵団（corps）。

開戦時のウィーンの興奮

ウィーンには八月一日に到着した。街は、たった数週間前にそこを離れたときとはかけ離れた様子だった。至るところ大騒ぎで、国中から集まった何千もの予備兵が、雪崩のように本部に出頭してきていた。士官たちをいっぱいに乗せた車が轟音《ごうおん》を立てて通り過ぎた。密集した人々が道に溢《あふ》れていた。公報や新聞の号外が手から手に渡されていった。戦争というものがどれほど人々を平等にするのかということがすぐに明らかになった。社会的階層や差別は実質的になくなった。すべての壁は崩れたかに見えた。あらゆる人が他の人たちに話しかけていた。

群集が、高位の士官や上流階級、聖職者、また国の高官、裁判所の役人たちを呼び止めるのを私は見た。情報を求めるためであり、それは喜んで、また辛抱強く与えられた。皇子たちが、リングシュトラーセで歓呼する群集に囲まれ、あるいはカフェで格式ばらずに

第一章　従　軍

庶民と交わり、誰にでも話しかけているところがしばしば目撃された。当然のごとく、軍は偶像視された。どこであれ軍隊が行進すれば、人々はどっと歓呼の声を上げ、軍服はどれも賞讃の的だった。

駅からの道で、私は二人の若い予備兵を見た。どう見ても兄弟で、荷物の詰まった小さな雑嚢《ざつのう》を持って兵営に急いでいるところだった。二人と一緒に一人の小さな老女が泣きながら歩いていた。おそらく母親だろう。彼らは正装した将軍とすれ違った。軍隊式に帽子に手をやって敬礼をすると、老将軍は両手を広げて兄弟二人を抱きしめ、こう言った。

「行け、我が子たちよ、勇敢に務めを果たし、皇帝陛下と国家のために固く立て。神はお前たちが老いた母親の許に戻ることを望んでおられる」

老女は涙ながらに微笑んだ。叫び声が上がり、群集が将軍を取り囲んで彼を讃えた。私がそこを離れたあともずっと、歓呼の声は続いていた。

そのまま通りを二、三本横切っていくと、カフェのテラスに若いカップルがいた。戦闘服を着た予備兵と、その新妻か恋人かの少女とだった。そこに腰掛け、手を握り合い、周囲にも世界全体にもまったく気づいていなかった。群集の中の一人が彼らをたまたま見つけ、大声で叫ぶと、人々がテーブルに押し寄せて二人を囲み、割れんばかりの拍手を浴びせ、帽子とハンカチを振った。

はじめ、その若いカップルは完全に不意を突かれ、喝采が自分たちに向けられたものだとなかなか理解できなかった。二人は動揺したようで、少女の方は真っ赤になって手で顔を覆い、青年の方は立ち上がり、敬礼し、お辞儀をした。歓呼と拍手がさらに高まった。彼はなにか話そうとして口を開いた。一瞬の沈黙が訪れた。言うべき言葉を求めて虚しく足掻いていたが、やがて霊感を受けたかのように彼の顔が輝いた。直立し、軍隊式の敬礼で帽子に手をやり、オーストリア国歌を詠唱した。

その瞬間、群集のすべての頭から帽子が取られた。突然すべての交通が止まり、通行人も車の運転手も、全員が国歌に加わった。近隣の窓という窓から人々が顔を出し、すぐに何千もの声が一つの合唱となった。人を鼓舞するこの国歌は、声の大きさと感情の強さによって、崇高な威厳を最大限にまで高められたようだった。私たちはそのとき駅へ向かう途中だったが、ずっとあとまでその歌が、一台の人声パイプオルガンのように高らかに鳴るのが聞こえていた。

ウィーンで特に印象深かったのは、どこに行っても秩序が厳しく守られているということだった。警察による規制が緩和され、自由が大いに増しているにもかかわらず、群集によるどんな種類の混乱もなかった。今しがた述べたような愛国的な歌や行動は時折あったが、狂信的愛国主義が暴走するようなことは一切見られなかった。一般大衆の感情の基調は静かな尊厳であり、荘重な厳粛さと責任感とが、深いところで決意と結びついていた。

レオーベンでの一週間

ウィーンでは父親に別れを告げるだけで、私はすぐにグラーツの自分の連隊の本部に向かって出発した。グラーツに出頭し、その後、そこから一時間ほど離れたレオーベンに駐留していた第四大隊に入隊した。私の任務は、第十六中隊の中の第一小隊を指揮することだった。私の小隊は五十五名の兵士、二名のラッパ手、四名の傷病者運搬兵で構成された。

レオーベンで妻と私には一週間の猶予が与えられたが、私は、組織、装備物資調達、新兵補給、予備訓練などで手いっぱいだった。その間に、士官たちははじめて顔を合わせ、友情と連帯感を築く幸せな日々を過ごした。いずれ、共通の危険や欠乏やストレスのただなかで、その絆が試されることになる。多くの士官は妻を伴ってきており

CONCERT GIVEN AT LEOBEN IN AID OF RED CROSS BEFORE DEPARTURE FOR FRONT

第一章　従　軍

すぐに、形式ばらない、喜びに満ちた交流が行われた。階級や私生活での資産や地位などが顧みられたり言及されたりすることは一切なかった。私の大隊の予備士官の中には、著名な彫刻家や文献学者、二人の大学教授（一人は数学、もう一人は自然科学）、皇族、オーストリアの大手の鉄鋼会社の中心的土木技師がいた。大隊付きの外科医は大病院の院長で、国際的な名声を得ていた。私の小隊の部下には、画家、二人の大学教授、人気のある歌手、銀行家、郵政の高官がいた。しかし、誰もそんなことは気にせず、私自身、ずっとあとになるまでこうした優れた人たちが自分の小隊にいることを知らなかった。兄弟愛という一つの大きなマントがあらゆる人とあらゆる事を覆いつくし、この頃は階級差さえあまり明らかではなかった。士官は部下に友人として接し、代わりに彼らから尊敬を得ていた。

私の妻は、赤十字の看護師としてボランティア活動をし、前線に送ってくれるようにと言い募った。できるだけ私のそばにいられるようにということだったが、のちに看護師たちは、実際に作戦が展開されている前線からずっと下がった軍の大きな病院より先には一切行ってはならないことになってしまった。私が切に頼んだのでようやく妻は思いとどまり、私が出征したあとはウィーンに留まり、当時病院として使用されていた兵営で看護の仕事をすることにした。

実際、学校ばかりでなく邸宅も、公私を問わず、三軒か四軒かに一

第一章　従　軍

軒は政府の使用に供され、赤十字の拠点として使われた。

出　征

レオーベンでの幸せな日々は突然終わりを迎え、私の連隊はすぐに前線に向かうようにとの命令を受けた。私たちはグラーツに進み、他の三つの大隊と合流し、目的地を知らされぬまま列車に乗せられた。ブダペスト経由でガリツィアに運ばれ、ストルィーで列車を降りた。そこはレンベルク[4]の南に位置する、重要な鉄道の中心地だった。

その頃、戦闘地点から私たちのところに届いていた報告といえば、ロシア軍が国境から退却し、オーストリア軍が実際に敵地に侵攻しているということだけだった、ということをご理解いただきたい。ストルィーはロシア国境から何百マイルも離れており、私たちにできたのは、そこにしばらく駐屯し、訓練と演習をすることになるだろうと推測することだけだった。その信憑《しんぴょう》性が高かったのは、私たちの連隊がラントシュトゥルムという、本来は内地勤務の第二線の予備役に属していたからであった。

OFFICERS, SURGEON, AND NON-COMMISSIONED OFFICERS OF KREISLER'S COMPANY

しかしながら、私たちはその晩すぐに非常召集を受け、ストルィーを出て二十マイルほど行軍し、第三兵団に加わった。食事及び馬への給餌のために小休止した後、さらに二十二マイル行軍した。初日のこの行軍は、比較的柔弱で訓練を受けていない私たちにとっては、大変きつい試練となった。重いライフルや銃剣、弾薬、スコップなどに加えて、各兵士は非常食として、肉の缶詰、インスタントコーヒー、砂糖、塩、米、ビスケットと、調理道具と食器、さらには替えの靴一足、シャツ、下着などを背嚢に詰めていたため、なおさらきつかった。この重い背嚢の上には、冬用のコートとテントの一部が括りつけられていた。装備の重さは全体でほぼ五十ポンドにも及んだ。

その日はこうして暮れていった。疲れの色が隠しようもなく次第に濃くなり、完全に困憊した兵士たちが一人また一人と落伍していった。とはいえ、不平の呟《つぶや》きを耳にすることはなかった。隊列を離れた者のほとんどは、数分間息を整えると、またよろよろと行進を続けた。遅れを取り戻せず、陣の設営が済んでから連隊に加わった者もわずかながらいた。私たちにはこの強行軍の必要性がわからなかった。これが訓練として私たちに課されているのでないかぎり、理由が思い当たらなかった。

森の中の小さな修道院に辿り着いたころに夜が更けた。周囲の静けさと修道院の生活は、戦争の熱にはまったく晒されておらず、非常に奇妙な感じがした。陣が設営され、テントが立てられ、火が起こされ、コーヒーが沸かされた。やかましい生活音が、数時間前までは人気のなかった荒れ地のただなか、森の奥に響き渡った。

夜空に輝く星々の下で火を囲んで兵士たちが座り、静かに声を合わせて歌っているのは、不思議かつ印象的な、一枚の絵になる光景だった。幻想的な修道院の半分は木々に隠れていた。その木々の影の間を、隊に茶菓を持ってきてくれた修道士たちの黒い人影が音もなく行き来していた。大佐の周りに集まる若い士官たちの希望と熱意に溢れた顔が、赤々と燃える火に照らされていた。そばで馬が鼻を鳴らし、蹄《ひづめ》を打ち鳴らした。夜闇のどこかから歩哨《ほしょう》の大きな歌声が聞こえだした。――こうしたすべてのものは、大いなるロマンティシズムと美との忘れがたい一場面の中に溶け込んでいる。

その晩、私は燻《くすぶ》る焚火の灰のそばで、マントを毛布代わりに、疲労と眠気とに身を委ねてしばらくの間手足を伸ばした。私の魂は、私をとりまく美しさに対する喜びと幸福とで満たされていた。

しかしながら、休息はわずかしか続かなかった。私たちは朝の六時に起こされ、陣を畳み、すぐに二十二マイルの途中休憩なしの強行軍に出発した。途中で二度、膝まで浸かる川を渡らなければならなかった。

正午までにほとんどの兵士たちは疲れ果て、這いずるようにしてついていくことも厳しくなった。それまでの生活でほとんど肉体労働をしたことのない、頑健でどう見てもより強い農民たちよりも、比較的弱い都会育ちの人間が苦難に耐えたのは驚くべきことだった。これはおそらく、都会育ちの人間たちの方がより良い環境と教育とによって、農民たちよりも強い意志の力と精神の強さを持っていたからだろう、としか説明のしようがない。

二時半に、私たちは森の中の開けたところに出た。川が流れていた。そこに再度野営を張り、三十分後には、露営生活の賑わいの中で、行軍の苦労はまたもや忘れられた。このときは十分に休息をとったが、朝の四時に突然、行軍の命令が下った。

三時間ほど前進すると、遠雷のような音が彼方で繰り返し鳴るのが聞こえてきた。私たちは、それが連続砲撃だとすぐには気づかなかった。というのは、ロシア人がいるだろう場所はどんなに近くても数百マイルは離れているだろうと思い込んでいたからだ。突如として馬に乗った砲兵士官が大佐のところに駆け寄り、指令を伝えた。私たちは行軍を停止し、すべての士官が大佐のところに集められた。大佐は私たちに、いつもの落ち着いた事務的な調子でこう言った。

「諸君、喜んでくれ。良いニュースだ。われわれは今日、敵に出会うだろう。夕方前には諸君を戦闘に率いることができることを心底期待している」

ロシア軍がこんなにもガリツィア奥深くまで侵攻していることを突然知らされて、私たちは雷に撃たれたようになった。しかし、この驚くべき通告に伴う落胆は、敵に今にも出会うかもしれないという緊張と興奮にすぐに取って代わられた。

私たちは急いで自分の中隊に戻り、兵士たちにニュースを伝えた。彼らは一斉に熱狂の雄叫びをあげた。たった二、三分前まであれほどひどかった疲れはすべて魔法のように瞬時に吹き飛び、誰しもが目が覚めたように軽やかになり、生気に満ちた。

私たちは遠く音の響く方角、すなわち前線の我が砲兵隊が敵と一戦交えている方角へと行進を再開した。私の連隊はそのとき、師団の中核を成す部隊だった。別の師団が私たちと並行して、およそ一・二五マイル左を進んでいた。両隊は第三兵団に所属し、馬やオートバイの急使によって互いに密に連絡を取りあった。

4　ウクライナの都市リヴィウのドイツ語名。

戦闘開始

その間、絶え間ない砲声は着実に近づいてきた。森の奥深くで、

第一章　従　軍

再び小休止をした。ライフルに弾を装填し、森から出たらすぐに散開隊形をとり、兵士は並行して行進し、中隊同士は三百ヤード、大隊同士は千ヤードの距離を保つよう、命令が下された。私たちはゆっくりとロシア軍の砲撃の射程範囲内に侵入していった。

一マイルほど先に、巨大な葉巻から出た煙の輪っかのような、一見なんの害もない円い煙がいくつも見えた。空中で榴散弾が爆発した証拠だった。兵士たちにとっては見慣れぬ光景で、気にも留めていなかったが、私たち士官はその重大性を知っており、私自身も含め、多くの者の心臓が高鳴ったに違いない。

散開の命令が下るまで私たちは行進を続け、その直後に最初の榴散弾が私たちの頭をかすめて飛んだ。一発目の被害はなかった。二発目、三発目も無事だった。しかし四発目にして私たちの後ろの大隊の三人が犠牲になった。

しかしながら私たちは前進を止めず、二、三の驚きの叫び以外にはなにも見も聞きもしなかった。次の榴弾が私たちの目の前で爆発し、弾丸と金属片をあたりに撒《ま》き散らした。私の小隊ではなかったが、私の中隊の二十ヤード右にいた男が苦しみの叫びとともに宙に舞い、ぐしゃりと落下した。致命傷だった。私たちは全速力で前進していたので、それは走り過ぎるときに見た一場の白日夢のようだった。

第一章　従　軍

つづけて四つか五つの恐ろしい爆発音が頭上で聞こえ、突然一陣の冷たい風が頬を打つのを感じた。大きな榴弾の破片がうなりを上げながら落下して地面を荒々しく削り、あたり一面に土煙を立てたのだった。

おそらく四分の一マイルほど駆け足で進んだとき、後ろから鋭く「伏せ!」という命令が来て、次の瞬間私は地に伏せた。喘《あえ》ぎつつ、憔悴《しょうすい》し、心臓はバクバクと今にも張り裂けそうだった。

そのとき、頭上でモーターの唸《うな》る音が聞こえた。それで敵の榴散弾がなぜかくも突然私たちを襲ったのかがわかった。ロシア軍の飛行機がおそらく私たちの接近とその距離とをロシアの砲兵たちに教えていたのだ。その飛行機が砲撃を指示し、その結果を観察していた。というのは、連なる丘によって私たちは敵の目から隠されており、敵は直接的には砲撃できなかったはずだからだ。

飛行機は私たちの頭上を旋回していたが、それに向かって銃撃することは禁じられた。ほとんど垂直の目標物を撃つのはきわめて難しく、ほとんど成功の可能性がないうえに、自分たちの弾が上から降ってくるかもしれなかった。後方にいた予備隊も飛行機を発見したようで、すぐに後ろから一斉射撃をする音が聞こえた。飛行機はそれとともに高く舞い上がり、雲の中に消えた。

援護射撃

その直後、我が方からの連続砲撃が雷鳴のように轟《とどろ》き、砲兵隊が後方の小さな丘を占拠して、敵に攻撃を開始した。味方の砲撃の音の心理的効果はこのうえなく、後方で始まった轟音爆音ほど望ましい音はかつて聞いたことがない、と私たちの多くは思った。それは戦闘にはじめて突入する不安を瞬時に解消し、自己管理と自信とを回復するのを助けた。

さらに、我が砲兵隊が戦闘に加わって、ロシア軍の注意を集め、砲火の対象となった。敵の砲弾は私たちに害を加えることなく、ひゅるひゅるひゅると頭上を越え、後方の砲台をめがけて飛んでいった。

私たちは弾が逸れたことでかなり安心し、十五分の休息ののち前進を再開した。目標地点は一連の小さな丘であり、前線部隊が既に占拠し、私たちを待っていた。私たちはそこに陣を布き、塹壕《ざんごう》を掘るよう命じられた。ロシアの砲兵隊が私たちの前に広がる平原全体を見渡すことのできる位置にいたので、それ以上の前進はありえなかった。

塹壕掘り

私たちはすぐに塹壕を掘ることにした。小隊の半数の人間が、互いに腕の長さ分の間隔をとって並び、一歩前に進んだ。銃口を敵に向けてライフルを地面に置いたのち、ライフルの列の後ろにそれと並行して線が引かれた。それから各人は、線のところから後ろに向かって掘りはじめ、出た土を前方に盛って胸壁を作った。その間、小隊の残りの半数は、いざというときのためにライフルを抱えたまま後方で休息をとった。そうして三十分間仕事をした後、両者は交代した。

一時間の塹壕掘りはとても捗《はかど》り、中で立てるほど深くなった。このような上の開いた塹壕でも、正面から撃ってくるライフルの銃弾に対しての守りは十分だったし、また、板や、手に入るならば芝土で上を塞ぐことで、ある程度榴弾をも防ぐことができた。

フランスやフランドルなど西部戦線においては、両軍が膠着状態にあり、対峙したまま何週間も微動だにしなかったため、塹壕は次第に手の込んだものとなり、地下で広がり、何本もが互いに連繋して、ほぼ小さな要塞と言えるものを形成し、ある程度の安心感を与えてくれるものとなっていた。

しかしここガルツィアでは、戦闘は始まったばかりであり、状況は極めて不安定で、陣地も日毎どころか時間毎に移動したため、非常に浅い塹壕しか使えなかった。事実、私たちは塹壕の底に敷けるだけの藁《わら》を集められれば幸運だとさえ思っていた。

この日の午後、私たちが仕事を半分ほど終えたところに、見おぼえのある飛行機が再び地平線上に姿を現した。今回は直ちに迎え撃った。飛行機は姿を消したが、偵察は十分だったのだろう、すぐに私たちの居場所に砲弾が飛んできた。

しかし、このときまでに榴散弾は私たちにとってほぼ悩みの種ではなくなっており、ほとんど注意もしなくなった。人間の神経というものは、どんな尋常ならざる条件や状況であってもすぐに慣れるものである。実際に私は目撃したが、そばで大砲が火を噴き、榴散弾が唸り声をあげて頭上を飛んでいてさえ、大多数の男たちは疲労から塹壕の中で熟睡した。

音楽家の耳

私自身もまた、すぐに死の砲弾に慣れてしまった。実際私は既に、砲弾の特殊性を観察しはじめていた。私の耳は、あらゆる種類の音を聞き分けられるようになっており、少し前、まだ行軍している間に、頭上をものすごいスピードで飛ぶ砲弾が空を切る特殊な音の明らかな違いに気づいた。あるものは鋭く、音程が上がる傾向があり、あるものは鈍く、下がる音調を持っていた。

少し耳を澄ましていると、鈍い音を立てる砲弾の前触れには、必ず後ろの丘で我が軍の大砲が光ることがわかった。つまりはオーストリアの砲弾だった。私たちはオーストリアとロシアの砲兵隊の間を進んでいたので、両軍それぞれの種類の砲弾が私たちの頭上を飛び交っていたのだ。

前進すればするほど、砲弾の鋭い音と鈍い音との差はわかりにくくなり、ついには私の耳では区別できなくなった。丘に近づくと、その差は再びはっきりとしはじめ、丘の上に達したときには明瞭に違いがわかった。

塹壕が完成したのち、私は丘のてっぺんまで匍匐《ほふく》前進し、反対側の高地のロシア軍の砲撃の閃光《せんこう》の見えるところまで行って、砲撃の光と砲弾が実際に通過する時間差を測った。すると驚くべきことに、今やロシアの砲弾の音は鈍く、反対に鋭い音をたてる砲弾の前触れには必ず、今やはるか後方になった我が軍の砲撃の光があったのだ。

つまりこの現象は次のようなものだ。すべての砲弾は、前半は上昇し、後半は下降する放物線を描く。前半、すなわち上昇においては、砲弾は音程の下がる鈍い唸り声をあげ、放物線の頂点に達し、下降しはじめるや音程を上げる。双方の砲弾の頂点は当然、ロシアとオーストリアの砲兵隊のちょうど中間であり、音の違いが最もわかりにくかったのは、まさにこの地点においてだった。

数日後、この観察結果をある砲兵隊の士官に伝えると、砲弾が上昇するときと下降するときとで音が変わるという事実は知られていたが、この知識が実戦のために用いられたことはない、と言った。

第一章　従　軍

私が彼に、敵の砲兵隊からの砲弾がどこで頂点に達するかを私は音で判断することができる、と言ったところ、彼は、敵の砲兵隊が隠れている場所を特定できれば非常に有用だと考えた。

彼は上官に私のことを話したらしく、数日後、私は偵察に出され、敵の砲弾が頂点に達すると私の考えた正確な地点を地図に記す任務を与えられた。のちに、私の情報によって、我が砲兵隊がロシアの砲撃のほぼ正確な射程距離を割り出すのに成功したと伝えられた。私はしばらくの間、この任務に従事した。というのは、軍務にある間、私の音楽的な耳が役に立ったのはこのことだけだったからである。

部下の犠牲

元の話に戻ると、その日に私たちの大隊の受けた被害は、ロシアの砲撃の精度と撃った砲弾の数からすれば極めて小さかったように見えた。私は約二時間で七十四発の榴散弾が私たちから半マイル以内の円の内側で爆発するのを数えたが、犠牲者は十八名を出なかった。

最も辛かったのは、死が私たち全員に迫っているときに、ただじっと動かずにいることであり、私が自分の目前で死を見つめつつなにもできない、ということを生まれてはじめて経験したのはまさにここにおいてだった。

第一章　従　軍

私の小隊のある兵士が、塹壕を掘り進めているときに突然うしろにのけぞり、老人のように咳込み、唇の間からわずかに血が噴き出したかと思うと、ぐしゃりとくずおれ、横たわったまま動かなくなった。これが最期なのだとは信じられなかった。彼の目はしっかりと見開かれ、彼の顔は平穏そのものだったからだ。まったく苦しまずにすんだようだった。

ユーモアのセンスがあって、仲間一同から愛されていたこの人間が、今や死んで横たわっているとは信じがたいことだった。私はこのあと、とても大勢の人間が死ぬのを目撃したが、私の小隊におけるこの初めての犠牲者の死ほど私に影響を及ぼしたものを思い出すことはできない。

第二章　緒　戦

別戦線への移動

砲撃戦は夜闇の訪れとともに終わり、私たちは腰を下ろして休息をとった。兵士の半分は見張りをし、半分が眠った。

朝五時、私たちの連隊は突然整列するよう命令され、他の二つの連隊とともにこの戦線から引き揚げさせられた。我が軍の最右翼の分遣隊が私たちから約十五マイル東で孤立し、強力なロシア軍に包囲されたとの報告を受けた私たちの司令官が、彼らを救出する命令を私たちに下したのだった。

　我が兵士たちは既にこの三日間というもの、夜もほとんど休息できず、食事もせいぜい一日一度という極限的な状態にあったということを覚えておいていただきたい。重い荷物を持って行進する疲労に比べれば、戦線に加わることはむしろ歓迎されさえした。肉体が疲弊し、脳と認知能力が身体の酷使によって麻痺すると、不思議にも人は危険に対してどれほどでも無関心になる。それゆえ、この救出遠征に出た際にはひどく疲れ果てていたものの、兵士たちはこの予期せぬ新しい任務を意気込んで引き受けた。

第二章　緒　戦

私たちにできたのは、兵士に次のように告げることだけだった。

「諸君。兄弟たちが諸君を必要としている。諸君が救出をもたらさないかぎり、彼らは一切の救いの手立てを断たれている。彼らの命は危機に晒されており、彼らは我が軍の右翼、戦略上最も重要な地点を守っているため、諸君は戦闘全体の流れを我が軍に有利に変えることができる。出発！」

そして彼らはよろめき、躓《つまず》きつつ出発し、数時間後にはほとんど這うようにしてであったが、それでも前に進みつづけた。

私たちは突然、別の連隊に出会った。同じ任務を帯びており、向こうの連隊長は私たちの連隊長より階級が上で、二つの連隊で新たに結成される旅団の指揮を執ることになった。私の中隊はたまたま連隊の先頭を進んでおり、新しい旅団の隊長はしばらくの間、私の隣を馬で進んだ。彼のいかにも軍人らしい、しかし傲慢ではない態度と、自分の軍と兵士に対する熱烈な信頼とに、私は深い感銘を受けた。彼は私に、自分の二人の息子も従軍しており、一人は砲兵士官、もう一人は工兵士官であると誇らかに言った。

私たちは、我が軍の砲撃とロシア軍からの反撃とが明らかに聞き分けられ、あちこちからライフルの応酬が聞こえる場所に近づいた。隊長は、力を取り戻せと私たちを奮い立たせ、兵士たちは、自分たちが目標地点のそばまで来ていることを知って、新たな力を漲《みなぎ》らせたように見えた。私たちは既に、ここで最初の戦闘が行われた証拠を目撃していた。負傷した兵士たちが絶え間なく担架に乗せられて私たちの前を通って行ったからである。

父と子

ある一人の負傷者が運ばれていったとき、私の隣で馬に乗っていた隊長の顔が突然紅潮した。彼は担架を運んでいた者に二、三の言葉をかけ、私の方を向いて言った。

「私の息子の連隊が丘の上で戦っている。彼らが運んでいたのは、その隊の一員だ」

彼は再び私たちを奮い立たせたが、今度は彼の顔に一種哀訴のような調子が浮かんだかに見えた——これは私の思い過ごしだろうか。

そのとき、別の担架が運ばれてきた。私の脇にいた隊長は馬から飛び降り、叫んだ。

「息子よ！」

弱々しい声が返事をした。

「父上」

私たち全員は、指令を受けたかのようにピタリと止まり、担架の上の若き士官を見た。彼の両眼は熱意と喜びで輝きに溢れ、自分自身の傷など気にも留めずに叫んだ。

第二章　緒　戦

「父上。なんとすばらしいことでしょう、父上が救出に来てくれたなんて！　行ってください。私たちは立派に持ちこたえています。ただ、弾薬と少しの精神的な支えが必要なだけです。行ってくださ い。私のことで立ち止まらないで。私は平気です」

老いた隊長は銅像のように立ち尽くしていた。彼の顔は瞬時に灰色にくすんだ。彼は医者を見つめ、その表情を読み取ろうとした。医者は深刻そうな様子だった。

しかし、その若者は私たちを促した。

「行ってください、どうか。私は明日にはよくなっていますから」

この出来事の全体は五分もかかっていない。私がこれを書くより短かっただろう。隊長は馬に乗り、力強く私たちに前進を命じたが、彼の眼からは輝きが奪われていた。

それから十分間、砲弾の雨が私たちを迎えたが、ほぼ誰も気に留めなかった。たった今、目の前で起きた悲劇的な光景にあまりにひどく打ちひしがれていたからだ。

私は黙りこくって馬に跨《また》がっている隣の人間に、若者の回復力についてとか、鋼鉄で覆われた先の尖った銃弾の傷は、衝撃の強さゆえに小さくきれいで、骨を破砕したり敗血病の原因になったりはせず、害は比較的少ないとか、益体《やくたい》もないことをぶつぶつ述べたてたのをおぼえている。

私はまた、自分はかなり医学の知識を持っていて[5]、息子さんは致命傷を受けてはいないように見えるとも述べたが、彼は私よりよくわかっていた。彼は一言もしゃべらず、数分後、ただこう言った。

「息子は私のただ一つの希望だった」と。

その「だった」という言葉が私にとってどれほど不吉に響いたかは、言い尽くせない。しかしそのときすぐ散開の命令が下され、それに続く興奮が、しばらくの間、すべての暗い考えを紛らせてくれた。

5　クライスラーは、一時期医者を志し、大学で医学を学んでいた。

救援作戦

私たちは、オーストリア軍の孤立した分遣隊がロシア軍を二十四時間ずっと食い止めてきた丘にいそいで登り、敵に向かって攻撃を始めた。もう一つの連隊はその間、左から側面攻撃を企てた。

ロシア軍はゆっくりと退却したが、私たちは後を追い、一種の追撃戦が始まった。そこで私たちの連隊から死傷者合計五十名ほどが失われた。ロシア軍は一時的に反撃をしたが、すぐに私たちの別の連隊の側面攻撃を受けて、算を乱して逃げ出した。あとには二挺の機関銃、弾薬、荷車四台分の食糧が私たちに残された。一方、側面攻撃をした連隊は、敵二百四十名を捕虜とした。

夜八時を回ると、明るさが足りなくなって戦いは止み、私たちは新たに獲得した陣地にしっかり塹壕を掘り、夜の準備をしはじめた。前哨任務に関する命令が下り、士官たちは再び旅団の隊長のもとに集められた。隊長は簡潔に状況を私たちに説明し、隊の示した不屈さと勇敢さに感謝し、遠征の成功は私たちが状況を救わんと時期を逸せず動いたがゆえである、と付け加えた。

無言の使命

次いで、捕虜を後方へ移送する問題が持ち上がった。旅団長の眼が私たちを探る間、私は彼がこの任務に私を指名しようとしているのではと感じた。彼は私を見、短く型通りに命令を下したが、彼の眼は私の眼の奥を深く探り、私は無言のメッセージを理解したと思った。

それで、疲れをものともせず、私は直ちに、士官二人を含む二百四十名のロシアの捕虜を、戦線の後方へ移送するために出発した。警護として二十名の部下を連れていった。

捕虜たちは自らの運命を不幸とは思っていないようだった。実際、私たちが後方へ進んでいる間、彼らは自由に煙草を吸い、おしゃべりしていた。ロシアの士官の一人は脚を負傷し、担架で運ばれていたが、彼もまた極めて気楽に私とフランス語で会話し、激しい猛攻撃に対して孤立無援だった我が分遣隊が示した勇敢さを褒めた。

予備隊の指揮官の手に無事に捕虜を送り届けるとすぐに、私は最も近い野戦病院への道を尋ねた。旅団長の息子の若い士官を探すためだ。

夜の九時頃、野戦病院となっていた農家に入るや、私は一目で来るのが遅すぎたことを悟った。彼はそこに静かに横たわり、腕を胸の上で組んで、眠っているかのような穏やかな、幸せそうな顔をしていた。彼の忠実な従卒は彼の横で啜《すす》り泣き、誰か親切な人が彼の胸の上に野の花の小さな花束を置いていた。

医者から詳しいことを聞いた。彼は下腹部を撃たれ、ライフルの銃弾が頬をかすめていた。彼の最後の言葉は、父親が救援に来てくれた安堵《あんど》と、陣地がロシア軍に奪われなかったことを知ったことへの喜びを熱く語るものだった。彼は子どものように純粋な死を迎え、後悔はなく、むしろ幸せだった。

私は従卒に、その若い士官の持ち物を父親に渡せるよう、すべて携えてくるよう頼み、一緒に戻った。

鉄の仮面

私が従卒を連れて戻ったとき、旅団長は士官たちを集めて指示を出し、戦況について相談している最中だった。私が来るのを見ても、彼は顔の筋肉一つ動かさず、話も中断しなかった。私はこの人がこのとき見せた力に圧倒されてしまい、凶報を伝える勇気が出せなかった。

だが、その必要はなかった。彼は一切を悟ったからだ。忠実な従卒は、私が命じておいたとおり、前へ進み出て、息子の手帳と持ち物を老人に差し出した。

そうする間、従卒は堪《こら》えきれずに咽《むせ》び泣き、愛する上官を亡くした悲しみに声を上げたが、それでも父親は顔の筋肉一つ動かさなかった。彼は私の報告を受けるとそっけなく頷《うなず》き、言葉も発さずに私を返し、砲兵士官たちの方に向き直って再び相談を始めた。

私は、自分の留守の間、軍曹の指示で前哨任務に当たるようにと小隊に命じておいた。彼らの場所を尋ね、合流した。

私たちは真夜中に交代させられ、後方へ戻り、旅団長のテントが立てられた場所を通り過ぎた。私は黒い人影が床に横たわっているのを見かけた。一見、ぐっすり眠っているようだった。部下たちには行進を続けるよう命じ、私はそっと近づいていった。

近くで見ると、彼の肩は痙攣《けいれん》するかのように震えていた。とうとう鉄の仮面が剝がれたのだ、と私は思った。夜は冷え込んだため、私はテントに入っていき、彼のコートを探して肩の周りに掛けた。彼は気づかなかった。

翌朝、彼の顔を見たときは前の晩と同様にまったく無表情だったが、ただ一気に何年も老けこんだように見えた。

嵐の前

その翌日は比較的休息の取れる日だった。私たちは掘った塹壕をより強化した。戦線が右方へと拡大するにつれ、最右翼だった私たちの位置はほぼ中央になった。レンベルクから南方十八マイルほどのところを、西北から東南にかけて十マイルぐらいに及んでいただろう。

それから数日は、ときたまの小競り合いや陣の移動以外、修理や食料調達や休息にあてられた。

そんなある晩、偵察機がロシア軍の五つの兵団が前進しつつあることを知らせてきた。私たちの正面に向かって押し寄せているというのである。対するに我が方は二兵団しか集めることはできなかったが、戦略的に見て地理関係は非常に有利で、軍の両脇はどちらも通ることのできない大きな沼沢地によって守られていた。当然ロシア軍は脇から攻めることができないことを知っており、圧倒的な数にものを言わせ、猛烈な正面攻撃による中央突破を狙っていた。

強襲に備えて、できるかぎりのことが夜通し行われた。私たちの塹壕は強化され、大砲は草木で巧みに擬装されて位置についた。私たちの正面の草原には視界を遮るものはなかった。工兵たちは有刺鉄線で巨大な鉄条網を張り、射程距離を注意深く測っては、干し草の束など害のなさそうなもので草原のあちこちに距離を示す目印をつけていくのに大わらわだった。

朝の九時、敵を迎え撃つための準備が万端整った。兵士たちは短くも十分有効な休息を取り、士官たちは隊長のもとに集められ、全体の状況の説明と命令を受けた。隊長は短く事務的に、私たちの使命感を鼓舞し、勝利への確信を表明した。私たちは皆、彼の軍人らしい態度とぶっきらぼうな物言いは、内側で脈打つ心臓と、部下たちに対するやさしい気遣いを隠すための仮面なのだということを知っており、深く心を動かされてそれぞれの塹壕に戻った。

　陣は静まり返っていた。聞こえるものと言えば、戦線から離れた後ろの炊事場の音だけだった。三十分もその状態が続いた。そのときたまたま通りかかった人がこの荒涼とした草原を一瞥《いちべつ》したなら、ここに何千もの完全武装した兵士が隠れ、地獄の修羅場が間もなく始まろうとしていると言われても、一笑に付しただろう。物音はほとんどせず、今から起きようとしていることへの予期が、私たちの上に重くのしかかっていた。

　塹壕の中の部下たちを見回すと、静かに寝ている者あり、手紙を書く者あり、またひそひそと会話する者たちがあった。どの顔にも、戦闘の始まる直前独特の感情がはっきりと刻まれていた。荘重な威厳、重大な責任感、そして抑圧された感情が、底を流れる悲しい諦めとと綯《な》い交《ま》ぜになっていた。彼らは自分のありうる運命についてあれこれ考えるか、そうでなければ故郷の愛する者のことを夢見るかしていたのだろう。

　次第に静かな会話すらなくなり、皆、完全に押し黙って座っていた。ただひたすら待ちつづけ、自分たちの沈黙をさえ怖れた。時折、誰かが勇敢にも冗談を言った。みんな笑ったが、ぎこちなかった。彼らはかなり緊張していた。緒戦で攻撃を命じられたときには危険や破滅を怖れず、ライオンのように戦ったこの勇猛な兵士たちがである。

彼らは安全な塹壕の中で居心地の悪さを感じていた。安全であることを恥じていたのだ。私の忠実な従卒は時折、自分自身の感情をどう説明してよいかわからないというように黙って私を見つめた。かわいそうな純朴な少年よ！

できるかぎり平静を装っていたが、私も皆と同じように緊張していた。ただ私は知っていた。初めの一発の銃声が魔法を解き、戦いの狂乱が私たち皆を捕えるやいなや、私たちを取り巻く黒い雲のような静けさは、瞬時に荒々しい熱狂に取って代わられることを。

戦闘開始

十時頃、突然ドーンという鈍い音がはるか遠くで聞こえ、同時に半マイルほど前方に小さな白い円い雲が見えた。榴散弾が炸裂《さくれつ》したのだ。戦闘が始まった。すぐに別の砲撃があちこちに着弾したが、被害はなかった。ロシア軍の砲兵は、明らかに我が方の位置を探るべく、我が砲兵隊からの応戦を待っていた。しかし、我が方は位置を悟られまいと沈黙を保った。

ロシア軍からの手当たり次第の砲撃がしばらく続いたが、ほとんどが被害を与えるには射程が短すぎた。ただ、無害に見えた白い雲は少しずつこちらに近づき、ついに一発の砲弾が唸り声をあげながら私たちを飛び越え、塹壕のうしろ百ヤードほどのところに着弾した。つづいて二発目の砲弾がほとんど同じ場所に落ちた。

それと同時に、私たちの頭上でかすかな回転音がするのが聞こえた。私たちのはるか上に、青空に一点の染みのようなものがあった。ロシア軍機だった。砲撃の成果を確認し、ロシアの砲兵隊に砲撃の方向を指示するために飛んでいたのだろう。それでその直後から砲撃は正確になった。我が軍からも飛行機が一機飛び立ち、敵を追い、同時に我が砲兵隊も攻撃を開始した。ロシア軍の砲撃はそれからも正確に私たちの中心部を鋭く狙って来ていたが、我が方の砲撃手も勇敢に応戦し、その後、激しい砲撃による決闘が、地面の内部が雷で揺るがされるかと思われるほど苛烈になっていった。

一時までに、絶え間なく唸り声をあげる砲弾の炸裂し、破壊し、引き裂く音に、神経がぷつんと切れてしまいそうになった。身動きが取れず、その見込みもないからだった。

と、そのとき突如として地平線に一本の細い黒い線が現れ、私たちの方に急速に向かってきた。巨大な翼を広げた鳥が迫ってくるように見えた。双眼鏡で覗けば、もう疑いはなかった。ロシアの騎兵隊が私たちの方をめがけてものすごい勢いで押し寄せてきたのだ。慌てて隊長を見やると、口を開けて様子を見つめていた。これは実に私たちにとっては幸運、信じがたいほどの幸運だったからだ。よく訓練された歩兵が、冷静さを保ち、しっかり狙いをつけられる距離まで十分に騎馬を引きつけるのを落ち着いて待ちさえすれば、騎兵の攻撃などなにほどのこともないだろう。

いよいよ私たちの動く番だ。命令一下、兵士たちは塹壕を這い上り、敵をよりよく見渡し狙いを定めた。その間、彼らは歓喜の叫びをあげていた。情勢は一変した！　私の心は狂喜に高鳴った。

兵士たちを見やると、彼らは皆、闘志と決意に満ち、指は引き金にかけ、眼は押し寄せてくる敵を睨み、あらゆる筋肉は緊張しながらも落ち着き、日に灼けた顔はぴくりとも動かず、ただ発砲の命令を待っていた。

すべての士官たちのまなざしは、三十ヤードほど先の小さな丘の上にいる隊長に注がれていた。彼の微動だにしない姿は陽射しの中にくっきりと映え、静かな確信と誇り高い態度とを具えた一枚の人物画そのものだった。彼は双眼鏡で地平線を見つめていた。砲弾が彼のそばに落ちたが、気にも留めていないようだった。その点では私たちも劣らず、砲弾が私たちのただなかで恐ろしい唸り声をあげながらあちこちを破壊しているのに、私たちの誰もそのことを忘れていた。

このときまでに、蹄の音高く駆け寄る騎馬の姿が目に見えるほど近づいてきた。彼らはすぐに、私たちがあらかじめ注意深く計測しておいた目印の干し草の束の脇を通った。ここから内に入りさえすれば、私たちの銃撃は俄然《がぜん》効果が高まるのだ。猛攻は突然止まり、騎馬兵が慌ただしく左右に散ったかと思うと、背後に隠してきたロシア軍歩兵が剥き出しになった。

歩兵は何本かの緩い隊列を作って、浅い波同士が互いを追い越すかのようにしてこちらに向かってきた。ある列が前に出たかと思うと、突然地面に伏して消え、次の列が前に進むために援護射撃をしてきた。その間も、敵の砲撃は恐ろしい唸り声をあげながら私たちの隊列の中に破壊を撒き散らした。

同時にロシア軍の飛行機が、怒れる猛禽《もうきん》のように私たちの頭上を飛び、爆弾を落としていった。しかし、その効果は実質的というよりは心理的なものだった。というのは、私たちは既に塹壕の中で安全を再確保していたからであり、甚大な犠牲をものともせずに着実に鉄条網のところまで進んでくる敵に向かって発砲した。鉄条網まで辿り着いても、機関銃によって死の歓待を受けるだけだった。ロシア軍の最初の隊列は、巨大な草刈り鎌によるかのように一掃され、応援部隊が前進してきたときも同様だった。

最初の突撃は失敗した。しかししばらくして、彼らは再び押し寄せた。今度はもっと注意深く、有刺鉄線をニッパーで切り、仲間の死体を盾にしながら進んできた。二度目も彼らは撃退された。

もう一度、騎兵が見せかけの突撃を試み、その陰に隠れてロシア軍の歩兵が再結集し、応援部隊の強力な支援を受けながら、今まで以上に決死で向かってきた。

強力な大砲の援護射撃によって、敵の隊列は次から次へと際限なく現れ、鉄条網に突進してきた。数の力にものを言わせて彼らが鉄条網を突破したかに見えた瞬間があった。しかし、そのとき間一髪で、我が方の応援部隊が側面攻撃に成功した。死の十字砲火に晒されて驚いたロシア軍の隊列は浮足立ち、ついに算を乱して逃げ出した。

嵐の後

砲兵、歩兵、騎馬兵、そして飛行機の混成部隊による総攻撃は、私たちの中心地点を奪取することも、位置を移動させることもできなかった。機略縦横で油断のない我が司令官と、英雄的で禁欲的な我が隊により、敵の目的はどれも挫折させられた。

しかし、息つく暇もなく、食事や休憩の機会も一切ないままほぼ丸一日戦いつづけた緊張は、最終的に兵士たちの耐久力に影響を与えずにはおかず、最後の攻撃を首尾よく撃退したとき、彼らは息を切らし、疲労のあまり地面に倒れた。我が方の被害もそれなりにひどく、救護兵は負傷者の応急手当てをしたり近くの野戦病院に運んだりと忙しかったが、石のように冷たくなった多くの勇敢な兵士たちもいた。

八時には明らかに気温が下がってきていた。各自が今日思ったところを述べあい、自軍の状況を見直す時間になった。ロシア軍は多数の死者を戦場に残し、工兵が敵の侵攻を阻むために築いた鉄条網のところには、敵の死体が互い違いに積み重なり、戦場の罪なき干し草の束と変わらないように見えた。赤十字の小さな一団が、このグロテスクな死体の山に登り、負傷者を死者から分け、応急処置を施そうとしているのが見えた。

この恐ろしい光景を目にして、熱狂は瞬時に消え失せたかのようだった。たった数時間前には熱意と狂喜で輝いていた生命が、突如として血の気を失い、病みついた。夜の静寂を破るものは、絶え間なく聞こえてくる負傷者の低い呻きだけだった。恐るべき単調さの中で、これは背筋の凍るようなことだった。月が昇り、死体の積み重なる荒涼とした風景の上に幻想的な光と影を投げかけていた。このグロテスクな人間の体の山は、恐ろしく残忍な古代の神の祭壇に捧げられた巨大な捧げものであるかに見えた。

私は気分が悪くなり、ふらついて、失神しそうになった。しばらく地面に横たわり、周りでなにが起きているのかもわからず、我が身に起きた恐ろしいことに打ちひしがれて気を失っていた。

どれほどそこに横たわっていたのかはわからない。おそらく十分くらい、あるいは三十分くらいだったかもしれない。突然、うしろから枯れた低い声が聞こえた。旅団長だった。あたりを見回り、前哨地帯に関する指令を与えに来ていたのだ。

彼の穏やかで静かな声で私は気を取り戻し、彼に自分の報告をした。彼の落ち着き、親切さ、決然とした様子が場を支配した。五分とかからずに彼は私への信頼を回復し、人と動物とを問わず、すべてのものに対する保護に関する明確な命令を下し、負傷したもの、病気のもの、弱いものへの気遣いを示し、賞讃と訓戒とをちょうどよいバランスで与えた。

私は魔法の力で元気づけられたかのように感じた。彼こそ、気弱さや神経過敏によって揺るがされることのない真の男だった。彼にとっても戦争の恐怖は嫌なものだったが、彼は冷静にそれに耐えた。思うに、私にはほとんど耐え難く見えることを彼がいかに男らしく勇敢に耐えているかを見たこのときはじめて、私は自分の藝術的教育が私の神経を過度に鋭敏にし、緊張させすぎたことを後悔した。

彼の思考構造の全体は複雑ではなく、「世界苦 Weltschmerz」あるいは過度の利他主義が彼の良心に重荷となって彼の行動に影響を与えることは一瞬たりともなかった。彼は、義務と規範とによって完全に決定された直線的な行動をした。

私生活において彼は極めて親切な人間だった。部下、捕虜、負傷者に対する彼の気遣いは相手の心に触れるものだったが、それでも彼は断固として弱気になることなく戦争の栄光を見つめた。それが大義に対する兵士たちの献身の結果でなくてなんであろうか。すべてのことは彼の眼には当然のことと映った。戦争こそ明らかに彼の本領であり、そこでこそ彼は力を発揮した。

前哨地帯を視察したあと私は戻り、柔らかい砂の山を寝床とし、その中に入り込んですぐにぐっすりと安らかに眠った。夜露が砂を濡らし、朝起きたときには石膏で固められたようになっており、剝《は》がすのには数日かかった。

第三章　レンベルクの戦い

ロシア軍の再来

少しでいいから戦闘を離れて気も体も休めたいという私たちの希望は、すぐに打ち砕かれた。ロシア軍が再び、圧倒的な勢力で向かってきたという知らせを、偵察機が伝えてきたからだ。

司令官は、損傷を受け、弱体化した自分の指揮下の兵力では、おそらく次の猛攻撃に対してなんら有効な抵抗ができないだろうという結論に至り、敵の押し寄せる前にゆっくりと退却することを決断した。結果として、私たちにとっては一連の撤退戦を戦うことになり、それは十日間ほど続いた。今ではレンベルクの戦いと呼ばれているものの一部であった。

そのとき数においてロシア軍にまったく及ばなかった私たちは、軍として血路を開き、包囲され孤立するのを防ぐために、つねに撤退を続けなければならなかった。そのためには、一つの分遣隊が、進行してくるロシア軍に抵抗し、残りの軍が安全な地帯まで退却する十分な時間を稼ぐべく、すべてを懸けて敵を踏みとどまらせねばならなかった。この作戦はもちろん、後方を守り、ときに壊滅的な被害を受けながらも退却を助ける部隊の存在なしには実現しえなかった。

気の塞ぐ日々が続き、雨と嵐が憂鬱に拍車をかけた。兵士たちは疲労で足を引きずり、退却を恥じて深くうなだれていた。首尾よく敵を撃退した、と彼らは考えていたため、退却の必要性が飲み込めなかったのだ。私たちの連隊は、オーストリアの戦争機械という巨大な歯車の一つの歯にすぎず、戦線が長く拡大するにつれ、部分的に勝利することはあっても、全体的な戦略を考えれば退却が必要になることがありえるということを彼らに理解させるのは難しかった。私たちの説明は兵士たちにはほとんど響かなかった。というのは、彼らはただ首を振ってこう言ったからだ。

「我々は勝ったんです。あのまま進むべきでした」

退却する隊の精神は、進撃する軍のそれとはまったく異なる。このよく知られた精神状態を認めてのことだろうが、参謀本部は、初期においては、敵の方が圧倒的優勢であっても、可能なときにはいつでもロシア軍を攻撃した。だが、ロシア軍が用いうる補強の規模はとてつもなく厖大《ぼうだい》で、そこに攻撃を仕掛けるというのはほとんど狂気の沙汰だった。

食糧事情

私たちにとって真の困難はここから始まった。ガルツィアのいくつかの道は、たとえ天気のいいときでもひどい状態なのに、降り続く雨の中、重い大砲とあらゆる種類の荷車が後から後から延々と通ったので、ぬかるむ泥が隊の前進にとって別の障害となり、ほとんど動けなくなってしまった。

食料品を運ぶ隊列全体は、ロシアの騎馬兵の奇襲を避けて、私たちより数マイル後ろを進まねばならなかった。隊の動きを邪魔しないようにするためだ。これによって兵站部の組織に支障が生じ、隊には非常にわずかな食糧が極めてたまに届くだけになってしまった。

軍に食糧を配給するのは、平時の最も良い状況においてさえ、非常に煩雑で困難な任務である。内地から食糧が大きな鉄道駅に運ばれ、そこが巨大な兵站部としての本拠地となり、それぞれの兵団がそこから食糧を調達し、ここからつねに補給が続けられた。次に兵団が師団と旅団に、そしてそこから連隊と大隊が自分たちの食糧を調達した。つまり、内地から巨大な兵站部まで引かれた大動脈が、少しずつより細い動脈としての供給者に、最終目的地、すなわち最前線に届くまで分配しつづけるのだ。

この食糧の分配は今や手に負えない仕事になっていた。戦闘の予期せぬ展開によって、やむを得ず予測できない動きをしたり方向転換しなければならなかったりしたからだ。ある分遣隊への食糧補給が、その隊が出発した一足遅れで届いたこともしばしばあった。

戦時への適応能力

私の小隊はこのときまでに五十五名から三十四名にまで減っていたが、残った者は皆、決意を固くし、有能で、適格だった。人間という生き物は、必要があればどんな困難な状況にもすぐに慣れることができるというのは驚くべきことだ。

たとえば私に関するかぎり、実際に自分に特殊な要求が課されても、自動的にそれに合わせるという新しい生活に、苦も無く慣れてしまっていた。かなり悪かった眼も、広い遠い場所を見るうちに良くなった。筋肉もかつてないほど言うことを聞くように思えた。私は飛び跳ね、走り、他の状況でならぞっとするような作業もこなした。

戦場においては、あらゆる神経症の症状は魔法によるかのように消え失せるように思われ、一人の人間の全組織は精力と活力で満たされる。おそらくその理由は、活動や冒険や予期できぬ運命によってもたらされる絶え間ない興奮に加え、単純な規律をもった屋外の生活、社会の規則が要請する複雑な仕事や因習からの解放にあるだろう。

それぞれの意志を持つ非常に多くの人間が蝟集《いしゅう》し、共通の目標に対する巨大な努力をもって一つに溶け合った。結果として目的の全体は単純かつ直接的になり、人間の魂に潜む原始的な本来の力が解き放たれ、あらゆる事物と人間とが魔法のマントによって一つに包まれるかのような、いわく言い難い雰囲気をしばしば醸し出した。

かつて人が人生の必須の要素と考えていた、生活のより優雅な面における贅沢や文化的高雅さを示すものが、どれほどあっという間に忘れられたことか。それどころか、そうしたものが失われたことは辛くもなかった。何世紀もの時間が抜け落ち、人は驚くほど短い間に原始人、ほとんど穴居人になってしまうのだ。

二十一日もの間、私は一度も服を着替えることもなく、必要などきはいつでも濡れた草地や泥地や湿地で眠った。体に掛けるものとしては、マントしかなかったが、それでも眠りが妨げられることはなかった。

ある晩には、寝ているときに洪水のような雨に遭い、ずぶ濡れになってしまった。私たちは動き出さず、陽が昇って乾かしてくれるのを待った。どう見ても、文明の必要というものは存在しなくなっていた。歯ブラシなど想像も及ばなかった。食べ物があったときには、本能の赴くまま、手づかみで食べた。もしナイフとフォークを使うことが思い浮かんだとしても、そんなことなど馬鹿げていると思ったに違いない。

第三章　レンベルクの戦い

　あるかなしかのもので生き延びねばならかった私たちは、毛深く痩《や》せた狼のように見えただろう。あるときには三日間なんの食べ物も口にせず歩きつづけ、また、水が足りずに草の露を舐めたことは数えきれないほどあったことを私は覚えている。

　こういうときには、ある種の獰猛《どうもう》さが心に生じる。戦うという義務以外、世界にある何物にも全くの無関心になるのだ。パンの皮を齧《かじ》っているときに、塹壕で隣の人間が撃たれて死ぬ。一瞬静かにその人に目をやり、そしてパンを齧りつづける。なにか問題でも？　どうしようもない。そしてついには、あたかもランチの約束について話すかのように、自分自身の死について、ちょっとばかり興奮して話し出す。心にあるのはただ、自分の属する集団は他の集団と戦っている最中なのであり、自分たちが勝たねばならない、ということだけなのだ。

この頃の私の記憶は非常にぼんやりとしている。毎日が前日とほぼ変わることなく、疲弊した行進、足りない休息、比較的少ない戦闘の日々が続いた。

司令官は隊の仕事を公平な仕方で分担させようとしたに違いない。私の連隊は、二度の激しい攻撃の矢面に立ち、かなりの損害を受けた結果、戦線からは引き、この間一度たりともしんがりで防衛する任務は受けなかった。

おかげで私たちはこの頃たかだか数回小競り合いをしただけで済んだ。コサック兵の攻撃を撃退するために側面を固めていたときに二度、装甲車に襲われたときに一度だ。しかし装甲車は道路上しか進めなかったため、その攻撃から逃げるのは苦もないことだったし、コサック兵のいつ果てるとも知らない偽装攻撃も、ほとんど無視できるほどになっていた。

グロデック防衛線

九月の一日を迎えた。レンベルクの南方、グロデック近くの湿地に着くやいなや、司令官は断固とした決意をした。そこは防衛線を張るのにこの上なく都合のよい場所に見えた。そこに通ずる道はわずか一、二本しかなく、それ以外は通れない湿地に囲まれていた。

九月六日、私の大隊は、敵の接近進路となりうる一本の隘路《あいろ》を見下ろすように陣を張るよう命じられた。ここで私たちはロシア軍を待ち受けた。

彼らは間もなくやってきた。まずこちらの方へ激しい砲撃を浴びせ、我が砲兵隊を沈黙させせた。相手の砲兵隊が私たちの側からはなんの応答も引き出せなかったことを知り、彼らは歩兵の正面攻撃と、コサック兵の度々の奇襲とによってこちらへの襲撃を試みたが、その度に私たちの撃退するところとなった。

しかしついにロシア軍の歩兵はいくつかの塹壕を築くことに成功した。私たちの正面のそれは、五百ヤードも離れていなかった。ロシア軍が私たちと目睫《もくしょう》の間に迫ったのはこれが初めてのことだった。ほとんど呼べば答えるほどの近さで、しばしば双眼鏡を使って敵の顔を見て、個人の特徴を見分けることさえできた。四日もの間、双方ともに向かい合ったまま一歩も動かなかった。

憎悪の行方

私が不思議なことを目の当たりにしたのは、ここグロデックでのことだった。

二日が過ぎると、私たちは互いに顔馴染みの間柄になるほどだった。ロシア軍が笑いながら私たちに向かって呼ばわると、オーストリア軍はそれに応えた。

この三日間の戦闘の目立った特徴はと言えば、憎悪の徹底的な欠如だった。事実、戦っている兵士たち同士の間には、実際の憎しみは驚くほど少ない。兵士は獰猛かつ熱狂的に戦い、集団は集団と戦うが、いざ集団が個々人として認識されるやいなや、憎悪はほとんど消えてしまう。もちろん戦闘は続くが、獰猛さはいくぶん失われ、一種のスポーツのような趣を帯び、お互いにただ相手に勝ちさえすればいいと願うようになる。敵を見れば撃ちはするが、相手が倒れるのを見ると後悔に近い感情が湧くのだ。

三日目の朝までに、私たちは相手の塹壕のほとんどすべての人間を知るようになっていた。

私の部下たちのお気に入りは赤ひげの大柄なロシア人で、塹壕の中でびっくり箱のように飛び跳ねるのが恒例の暇つぶしだった。そうするときには、いつもこちらに向かってなにか叫んでいた。彼はしばしば銃撃されたが、一発も当たらなかった。

次第に彼はより大胆になり、より長時間姿を現すようになり、とうとう完全に塹壕から飛び出し、こちらに向かって大声で叫び、帽子を振り回した。彼のユーモアに満ちた明るさと虚勢とはこちらの兵士に大うけで、彼がそうやって自身を見事な的として晒している間、誰一人彼を撃とうとはしなかった。

勇敢さにかけて負けてはおられぬと思ったこちら側のある兵士も、ついには塹壕から飛び出し、自身を眩しい陽光の下に曝け出した。彼に向かって放たれた銃弾も一発となく、この二人は互いにジェスチャーで、もっと近くに来るように誘いはじめた。

一切の戦闘が突如として止み、向かい合う両軍は、遊んでいるときの少年たちのように笑いながら、何が起こるかと目を凝らした。

そのロシア兵が一歩を前に踏み出せば、こちらの兵士も勇敢に一歩進んだ。するとロシア軍が歓声と笑いとでその大男を促し、男は大きくジャンプして仁王立ちになった。オーストリア兵もそれを見て負けじと前へ跳び、かくして一歩また一歩と互いに近寄り、ついには手の届くばかりの距離になった。

彼らはライフルを持たずに出てきていたので、殴り合いが始まるのだろうと思い、そうなると誰しも我が方の闘士を哀れまずにはいられなかった。というのも、彼は小男でとても強そうには見えず、敵の巨人に一撃で吹き飛ばされてしまいそうだったからだ。

だがしかし、どうしたことだろう！　そのロシアの大男は、手を伸ばし、一箱の煙草を差し出してきたのだ。すると我がオーストリア兵の方はその煙草を受け取り、ロシア兵の手を握り、そして自分のポケットからオーストリアの長い葉巻を取り出して、もったいぶってロシア兵に差し出した。小さく針金のように痩せたオーストリア兵が、仰々しく礼儀正しいことば遣いで金髪のロシアの大男に話しかけると、先方はあたかも言っていることのすべてが理解できているかのように、重々しく真剣に耳を傾けているその様子は、なんとも愉快な見ものだった。

このときにはもう、一切の警戒もなく、戦闘のことすらも忘れ去られてしまっていた。驚くべきことに、私たちは気づくと塹壕の保護の外に出て、ロシア軍に対して全身を晒していたし、他方、相手も塹壕から身を乗り出し、頭を丸出しにしていた。

この非公式な休戦状態は二十分ほど続き、列車一台分の食糧をもってしても成し遂げられないほどの良い気分と生きる喜びとを回復する効果を上げた。それは単調な塹壕生活に救いをもたらす出来事の一つであり、私たちは皆それを心から歓迎した。

二人の珍客

しかし戦闘はすぐに再開され、猛烈熾烈を極めた。ただそれでも、このとき以降は両軍の塹壕の間にはある友愛のようなものが生じた。小競り合いの最中にしばしば、負傷者を退避させるための非公式の休戦が求められた。救護兵が忙しく担架を運ぶこうした時間には、どちらの側からも一発の弾も撃たれなかった。

　このとき一回きりではなく、似たような断続的な休戦の間に敵味方の間に現実の交際が時折結ばれることは、戦線のどこにおいてもまったく珍しいことではなかった。

　まさにその晩、私は急に、私たちの半マイルほど東にあった第十三中隊の塹壕に行くよう呼び出しを受けた。その大隊を指揮していた少佐と、彼が迎えたばかりの二人の珍客、ロシア軍の士官とその従卒との通訳をするためだった。

　その二人は白旗を掲げ、夜間に塹壕の前に置かれたオーストリア軍の無数の前哨の一つに向かって呼びかけ、目隠しされて少佐のところに送られてきたのだった。そのロシアの士官は崩れたフランス語しか話せなかった。

彼は敵方の塹壕の一つを指揮していたが、彼の話によれば、彼の部隊はここ数日一切の食糧供給を受けておらず、ほとんど餓死せんばかりだということだった。これ以上の窮乏に耐えられず、彼は、絶対の確信と物怖じせぬ一本気な性格とをもって、進んで虎穴に入ったのだった。あろうことか敵たる私たちのもとに助けを求め、従卒に水の入った樽を頭に載せて運ばせ、それといくらかの煙草と引き換えに、少しの食糧を譲ってくれというのだ。

どうやら少佐は、この奇妙な願いにはじめはやや当惑し、決断を下しかねているようにも見えたが、持ち前の寛大な性質と騎士道精神とがすぐに頭をもたげた。やつれくたびれた客人たちの顔を一目見れば、彼らの話が真実であるのは明白だった。それほどまでに二人は疲弊し、今にも倒れそうだったのだ。

即刻、大隊の各塹壕に伝令が飛び、寄付が募られた。将校たちは気高くも、客人たちの夕食とするために、自分が最後まで大事にへそくっておいた食べ物を、先を争って提供した。

ほどなく二人の目の前には、缶詰の牛肉、チーズ、ビスケット、サラミソーセージが置かれ、そして私はいざというときのためにとっておいた大切な二枚のチョコレートを誇らしく提供した。二人はこうした状況においてはこのうえなく居心地の良い席で食事をした。

　この二人のロシア人が、真心と優しい心遣いに包まれて、オーストリア軍の塹壕にいるというのは不思議な光景だった。このとき、人類としての大きな同胞愛が敵味方を一つに包み込み、すべて憎しみと民族上の差異を駆逐したのだった。文明の最も優しい花が、恐ろしい近代戦の最も残酷で凶暴な行為と手に手を相携えて進むことができる、というのはなんとも驚くべきことだ。

　その間に、伝令たちが、我が兵士たちから敵方への贈り物でいっぱいになった袋の重みでよろめきながら戻ってきた。袋の中身はパンやビスケットで、それに混じってそちらこちらにベーコンやチーズが雑然と詰め込まれていた。寛大さにおいて他人に劣るところを見せないために、多くの者が最後のパンの一切れを差し出したに違いない。私たち自身の食糧とて尽きかけていたのだから。

なるほど、パンとビスケットには黴《かび》が生え、チーズは古くなり、ベーコンは石のように固くなっていたが、しかし兵士たちはできるかぎりの物を贈ったのだ。その贈り物の貧しさ、謙虚さこそが、こちらの兵士たちも絶望的な状況にあることの証であり、自分たちがどれほど犠牲を払ったかを誇らかに示すものだった。

両の眼に涙を浮かべ、繰り返し繰り返し感謝を述べつつ、客人たちは夜闇の中を自分の戦線に向かってよろめきつつ歩いていった。彼らは間違いなく、オーストリア人の寛大さと親切さに関する記憶をも携えて帰っただろう。

ロシア軍の急襲

明くる朝、ロシアの分遣隊が私たちの側面の丘を急襲し、私たちと後方の予備隊との間の細長い一帯を射程圏内に収め、かくして私たちを本隊と遮断することに成功した。彼らは丘に機関銃隊を設置し、私たちは、塹壕に保護されているとはいえ極めて危機的な状況に陥った。というのは、食糧も弾薬ももはや一切断たれ、仮に補給を図ろうとしても機関銃の恐ろしい銃撃に晒され失敗するに決まっていたからだ。

しかし、私たちは、どんな犠牲を払ってでも、最後の一人になってでも、現在の位置を死守せよと命じられていた。できるだけ出し惜しみ、確実な的のないかぎりは撃たないようにしたにもかかわらず、不幸にして弾薬は尽きようとしていた。

ロシア軍はじきに、こちらの一発は必ず一人の犠牲者を出すことに気づき、帽子の端すら見せないようになった。私たちも、敵方からの一斉射撃の的となることなしには一歩たりとも動けなかった。

今になっても、なぜ敵が私たちに突撃してこなかったのかという理由は私にはわからない。ただ、おそらく彼らは私たちが通常より弱くなっていることに気づかなかったのだろう。

さらにまた別の理由からも、私たちが陣地を守るのは次第に難しくなってきた。私たちは湿地におり、つねに塹壕の下から水が染み出してきた。それで、ときにはほとんど膝のところまで水に浸かって、帽子で水を掻き出さねばならなかった。ぬかるんだ塹壕に四日間留まり、水に半分浸かりつつ、敵の恐ろしい銃撃に絶えず晒され、まったく孤立し望みのないことよりも悲惨な状況を想像するのは難しい。

間もなく食糧も水も完全に底をつき、弾薬もほぼ使い果たした。

夜の間、大胆な兵士たちがあちこちで、絶えず続くロシア軍の砲火の荒れ狂う地帯を横切って、私たちよりは潤沢に補給を受けている近くの塹壕から、できるかぎりを持ち帰ってくれた。しかしながら、その程度では私たちの必要には到底満たなかった。

三日目の晩、もはや弾薬の尽き果てたのを知り、私たちは翌日にすべてが終わるだろうと覚悟した。思いはすべて故郷と愛する人々の上に向かった。私たちは皆、頭を絞って最後の言葉と別れを書きつけ、万一生き延びた場合には互いの手紙を預かり、届けることを誓い合った。それは重々しく、悲しく、深く感動的な瞬間であり、私たちは不可避の運命に身を委ねていたが、しかし終わりが来るこ

第三章　レンベルクの戦い

とに誰しもがいくぶん安堵と満足を覚え、自分の命の代償を敵にできるだけ高く払わせようと固く決意した。

　この晩ほど、我が兵士たちの忍耐と禁欲の驚くべき強さを賞讃するための理由を多くもったことはなかった。ひとたび最悪を覚悟してしまえば、あたかも魔法のようにかつての精神が一気に蘇った。彼らは、共に座って深い塹壕の底に差し込むばかりの月明かりでトランプをし、冗談を言い、また互いの勇気を鼓舞しあった。

　四日目は陰鬱に明けた。しとしとと雨が降っていた。

　午前十時、味方の兵士の一人が突然正気を失い、塹壕から飛び出し、激しく踊りながら服を縫い目から引き裂いて裸になった。妙なことに、ロシア軍もこの兵士が正気でないのを悟ったと見え、彼をまったく撃とうとはしなかったばかりか、彼を連れ戻すために飛び出した二人の兵をも撃ちはしなかった。

なんとか私たちは彼をなだめ、抑え込むことに成功し、彼はすぐに昏睡状態になって、しばらくの間身動きしなかった。日が暮れるとすぐに、彼を首尾よく予備隊に運ぶことができた。数日ですっかり回復したと後から聞いた。

退却命令

その日の午後五時に話は戻る。私たちは突然、命令を受けた。勇

第三章　レンベルクの戦い

敵にも絶え間ない機関銃の銃撃を潜り抜けて、伝令が走ってきたのだ。午後十一時に、陣を放棄し、夜陰に乗じて塹壕から撤退せよ、というものだった。その報に接して私たちは皆ほっと息をついたことを私は告白しなければならない。

だが不幸にも、この目的は達成されえなかった。このときにはもう、ロシア軍は明らかに私たちがほぼ無防備であり、弾薬が尽きかけていることを悟っていた。

まさにその晩、私たちは二発の銃声が鳴り響くのを聞いた。それは、我が方の歩哨が夜襲を受け、危険が迫っていることを知らせるための合図だった。

軍刀を抜き、左手には拳銃を握って、兵士たちにすぐに銃剣を構えよとの命を下すか下さないかのうちに、馬蹄の音が聞こえ、黒い影が私たちめがけて突進してくるのが見えた。このときばかりはコサック兵は実際に攻撃してきた。もちろん私たちの弾薬が尽きたことをよく知ってのことだった。

直後に感じたのは、肩が砕けるような痛みだった。馬の蹄で蹴られたのだった。つづいて右腿に鋭い刃物で切られた痛みが走った。私は自分の上のぼんやりとした人影に向かって拳銃を撃ち、それが転倒するのを見たあとで意識を失ってしまった。

記憶のかぎりでは、これは夜の十時半頃の出来事だった。気がつくと、私の忠節な従卒は塹壕の中で私の隣に跪《ひざまず》いていた。私が目を開けるのを見て、彼は喜びのあまり叫び声を上げた。

彼の語るところによれば、オーストリア軍は騎兵部隊の襲撃を受けて、塹壕を捨てて退却したが、暗闇のゆえに私がいないことに気づかなかった。しかし、私のいないのがわかるやすぐに、この従卒は私を探しに塹壕に戻ってきたのだった。危険な仕事だった。コサック兵はまだあたりを駆け回っていたのだから。私を探す間に彼の背嚢が一発の流れ弾を受けた穴を、彼は誇らしく私に見せてくれた。

彼のおかげで私は生き返り、応急処置を受け、彼の助けを得て、非常な困難を冒してなんとか塹壕から脱出することができた。私たちは二度もコサック兵の小部隊に出くわしそうになったが、蹄の音が聞こえるや、道端に伏せ、彼らが通り過ぎるまで身動き一つしなかった。幸い彼らには見つからず、それからは躓きながらも大きな支障はなく、オーストリアの歩哨の一人に迎えられ、安全地帯まで退くことができた。このときまでに私は相当に憔悴し、再び意識を失ってしまった。

帰　還

眼を開くと、私は救急隊が応急処置を施す小屋の中にいた。そしてそこから最も近くの野戦病院に送られた。

第三章　レンベルクの戦い

しかし、ロシア軍の前進によって、そこも撤収し、負傷者をまた移送しなければならなくなった。救急用の荷馬車が私たちを慌ただしく乗せてくれたが、サスペンションなどあるはずもなく、ガタガタと悪路を揺られる苦痛は、これなら歩くか這うかした方がまだましだと思わせるほどだった。

私たちはコマルノの鉄道駅を目指したが、ロシア軍の分隊が既に前途を遮っていた。一発の榴散弾が村の道を行く私たちのあたかも目の前で爆発し、馬が慄《おのの》いて暴れたために大きな混乱をきたした。私たちは進路を変えねばならず、長く疲れる遠回りをして目的地であるサンボールの野戦病院に辿り着いたが、そのときには疲弊しきっていた。私はそこには一日しかいなかった。

軽症者がより重症者に場所を譲らねばならず、私は比較的軽症だったので、病院列車でハンガリーのミシュコルツへと移送された。サンボールと同様こちらも満員で、私は一晩をそこで過ごすと、ウィーン行きの赤十字の列車に再び乗せられた。駅で私たちはたくさんの赤十字の看護師と補助医師たちに迎えられた。

なんとも喜ばしいことに、看護師の中には私の妻もいた。この特別の任務に割り当てられていたのだ。私が負傷し、第十六号病院列車で地元に移送されるという趣旨の短い公文電報が、この丸四週間で妻が私に関して受け取った初めての知らせだった。私が戦場から

第三章　レンベルクの戦い

出した葉書は一通も届いておらず、彼女は長い間の不安と緊張で極限まで神経を悩ませ、病院で忙しく立ち働くことで、それを麻痺させようと無駄に努力していた。

私はウィーンに二週間とどまり、その後、近くにあったバーデンの硫黄泉に移された。そこには、ウィーンの病院の混雑を緩和するために、大きな病院が建てられていた。十一月一日までそこにとどまり、その日に軍医と上級将校とからなる委員のところに出頭するようにとの命を受けた。医学的な検査のためだった。

二週間後、私は、戦線においても内地においても軍務には耐ええず不適格であると宣告され、したがって今後の軍務を解かれるとの正式の通知を受けた。忠節なる仲間の将校、戦友、忠実な従卒に別れを告げ、愛着ある軍服を脱いで一市民の平凡な服に着替えねばならないことを深く悔やみつつ、また、たとえ微々たるものではあっても祖国のために奉仕できたことを感謝しつつ、ここに私の軍隊での経験は幕を下ろした。

完

あとがき　中庸の天才
――クライスラーの藝術と生涯をめぐって

戦中戦後の苦難

かくしてクライスラーは除隊となったが、戦争はまだ序盤だった。まえがきに述べたとおり、参戦したオーストリア兵九十万のうち実に三十五万人もが不帰の客となったこの戦いで、戦局のこの早い時点で除隊されたのはむしろ幸いだったと言わねばならないだろう。

二度と軍務にはつけない傷痍軍人として名誉の除隊となるに際しては、大尉へと一階級昇進した。

しばらくは足を引きずって歩き、長い間立っていることも難しかったが、幸いなことに腕や手には後遺症は残らなかった。軍人生命は絶たれたが、演奏家としてヴァイオリンだけに専心すべき時がようやくやってきた。

さてしかし、戦争自体はまだ終わっておらず、一九一九年六月にようやくヴェルサイユ条約が結ばれても、世界中に大きな後遺症が残った。この戦いの全体はのちに「世界大戦」と呼ばれるほどの未曾有の規模と期間に及ぶもので、対立する陣営、国民同士の間に憎しみを植え付けた。言い分はあるだろうが、オーストリア・ドイツは戦争を仕掛け、かつ負けた側として忌み嫌われた。このことがクライスラーの世界的な名声に影を落とさないはずはなかった。

本書は早くも一九一五年にアメリカで出版されている。この頃まだアメリカは中立を保っており、アメリカ人の妻を持つクライスラーがアメリカで演奏活動を再開するにあたっては、それほど強い反対は起きなかった。

しかしアメリカの国民感情は明らかに反ドイツへと向かっていた。一九一七年にはとうとうアメリカも参戦し、十一月八日のカーネギーホールでのコンサートは、クライスラー出演に対する抗議運動のために中止のやむなきに至った。予定されていた多くのコンサートが右に倣えで中止された。道で暴漢に襲われることさえあった。

新聞は、クライスラーが演奏会で得た金を武器購入の費用として本国に送っている、と書いた。もちろんこれは悪意ある誤報であり、たしかにオーストリアに送金はしていたが、老いた父親のため、そしてなによりその大半は戦争によって窮乏した人たちを支援するためのものだった。赤十字を通じて戦災孤児たちに、また自ら設立した藝術家協会を通して国籍を問わず窮乏した藝術家とその家族たちに。

アメリカの戦時債権を買わなかったことを非難されたが、クライスラーはオーストリアの公債も買ったことはなかった。藝術家として、戦争は正義に反すると考え、戦争を支援するために一セントも使うべきでないという声明を出した。

ほんとうに親しい者たちはよくわかっていた。数少ないステージに足を運んで、熱烈なアンコールを求めた中には敵国フランスのジャック・ティボーがいた。しかし、大勢は排外的愛国主義《ショーヴィニズム》に傾き、かつての仲間の中にクライスラーを「ドイツ野郎」呼ばわりする者も出てきた。

クライスラーは一切のステージから退くことを決めた。空いた時間を作曲に充てようと思った。時代と自身の気分は重く深刻な曲を求めていたが、書いたのはたとえばワルツをふんだんに用いた軽喜歌劇《オペレッタ》『リンゴの花』だった。しかしそれも戦時中は日の目を見ず、上演されたのは一九一九年になってからだった。結局、周囲からの十分な理解を得るには終戦を待たねばならなかった。

さてしかし、ここで二つの疑問が残る。

一つは、彼が戦争が正義に反すると考え、その犠牲となった人たちへの真の哀れみから積極的に慈善活動をしていたとしても、そのこととそもそも軍人として戦っていた事実とどう折り合いをつけるのか、ということ。

もう一つは、戦場での苛酷な体験と、除隊されてからの精神的に苦しい状況とは、彼の藝術＝演奏と作曲とに暗い影を落とさなかったのか、ということだ。

この二つの問はどちらも、フリッツ・クライスラーと人間の根幹に関わっている。これに答えながら、彼の生涯と藝術の背後にあるものに迫ろう。キーワードは「天才」と「中庸」とである。

神童時代

クライスラーは語の正しい意味において「天才」だった。

アインシュタインの有名な定義によれば、「天才とは1パーセントの霊感 inspiration と99パーセントの汗 perspiration である」が、しかし、たとえば額に汗して偉業を成し遂げた晩成の科学者を「天才」と呼ぶのは、本来二重の意味で正しくない。

なぜなら、ルネッサンス期に用いられるようになった「天才」という語は、努力とは無縁の生まれ持った才能であり、また勉学の分野では用いられず、藝術に関してのみ言われることばだったからだ。

もちろん、アインシュタインの真意も、「汗」よりは「霊感」にあった。つまり巷間誤解されているように、〈天才とは自身の努力によるものだ〉という意味ではまったくなく、〈どんなに努力しても自分ではどうにもならない霊感がなければ天才にはなれない〉ということだった。それゆえ、遅咲きの天才というものは珍しい。栴檀《せんだん》は双葉より芳し、なのであり、天才のほとんどは神童でもある。

一八七五年二月二日、決して裕福とは言えないウィーンの開業医の父のもとに五人の子どものうち二番目として生まれたフリッツは、アルファベットより先に「本能的に」音符が読めるようになった。「それは天から与えられた才能だったのです。私はそれを習得したのではありません」とのちに自ら述べている。

もちろん環境もあった。父もヴァイオリンを弾き、友人たちとアマチュアの弦楽四重奏団を組んで、毎週土曜の午後に家で練習をしていた。父自身、一度は音楽の道を志したものの、その父親から許しを得ることができず、やむなく医者になったのだった。

しかし、フリッツによれば、父は音楽への愛は強かったものの、優れた才能の持ち主というわけではなかった。そして母はヴァイオリンとチェロの区別もつかないほど、まったく音楽に対しては理解がなかった。

フリッツは自ら音楽への愛を示し、楽譜というものから音楽が生まれる不思議に興味を持った。三歳半のとき、父がアルファベットより先に、音符の仕組みについて教えてくれたのだった。

その頃は、葉巻の箱に靴紐を張ってヴァイオリンの代わりにして遊んでいたが、四歳のときに父の四重奏のメンバーの一人がおもちゃの楽器をプレゼントしてくれた。しばらくしてそれを巧みに弾きこなすのを見た父は、本物の小型ヴァイオリンを買い与えた。

あっという間に上達した息子を見て、父は自分のヴァイオリンをケースに収め、引退を宣言し、翌日からチェロの練習をはじめた。この点で、父はアマデウスの父親、レオポルド・モーツァルトとは大いに違った。自身はアマチュアの域を過ぎないことを自覚しており、息子を厳しく教育することもなかった。

リング・テアターのコンサートマスター、ジャック・オベールの指導の下、一八八二年にフリッツはウィーン音楽院に入学する。ニュースになった。僅か七歳であり、それまで入学が許可された最低年齢の十歳より遙かに若かった。

音楽院では、ヴァイオリンをヨゼフ・ヘルメスベルガー二世に、和声学と音楽理論をアントン・ブルックナーに学び、またヨゼフ・ヨアヒムやアントン・ルービンシュタインの演奏に接する。

十歳のときには一等の金メダルを得て卒業する。その祝賀会でフリッツは四分の三サイズのアマティを贈られるが、その喜びよりも、まだ半ズボンしか穿かせてもらえなかったことへの怒りの方が大きかった。

パリ音楽院への留学に際しては、病身の母親が献身的に付き添った。あのクロイツェルの弟子だったジョゼフ・ランベール・マサールにヴァイオリンを、レオ・ドリーブに作曲を学んだ。

一八八七年、音楽院内のコンクールで、フリッツは首席の中の一位《プルミエ・プルミエ・プリ》に輝いた。僅か十二歳、最年少だった。これで正規の音楽の教育はすべて終了することになる。それからフリッツは、半ズボンのままでアメリカ合衆国まで長い演奏旅行に出発する。神童として申し分ない経歴である。

二十歳過ぎても

しかし、そこからが普通の神童とは違った。「十で神童十五で才子二十過ぎれば只の人」ということばのあるとおり、音楽の世界でも、子どもの頃に目ざましい技術を披露しながら、演奏家として大成しなかった人間は山といる。同じヴァイオリンで言えば、日本にもたとえば渡辺茂夫のような、七歳でデビューし、十三歳でハイフェッツに見出され、将来を嘱望されながら、その後、留学先で押しつぶされ、十代半ばには精神を病んでそのままフェードアウトした者もいた。

クライスラーの父はその点、きわめて思慮深かった。アメリカ合衆国ツアーから帰ってきた後のフリッツを、一家の稼ぎ頭にしようなどとは毛頭思わず、むしろ、今後の長い人生を賭すに値するものは必ずしもヴァイオリンだけでないことを教えた。

フリッツは軍人になろうと思った。しかし、その資格を得るためには、音楽教育に専心した分の遅れを取り戻さねばならなかった。クライスラー家に家庭教師を雇う余裕はなく、仕事を終えた父が、夜が更けるまで、ギリシャ語、ラテン語、物理などを教えた。この面では息子が父を超えることはなかったが、フリッツはホメロスやウェルギリウスに対する愛を育み、また父に対する尊敬をもって医学の道を志すようにもなった。

医師の資格はとれなかったものの、軍に入隊するときにも医療隊を志願すべきかどうかで悩んだ。結局は前線で戦う将校を目指すことになったが。

この後のことはまえがきで触れたが、予備役に回されたあと、ほぼ楽器に触らなかった間のブランクを見事に取り戻し、そこからあらためてヴァイオリニストとしての輝かしい経歴を積み重ねていくことになる。

音楽家、とりわけ演奏家として大成するためには、超絶技巧を可能にする身体性と、それによって何をどのように表現するかという精神性の両面が求められるが、神童と呼ばれた人の中には、前者にばかり重きを置いてバランスを崩してしまうものも少なくない。

その道のことしかわからない神童が、えてして長じてはただの人かそれ以下になってしまうのに対して、フリッツ・クライスラーは自らの道を二十歳にして選び直した。父も賛成してくれた。これは他の演奏家、とりわけ神童として知られた者たちの中ではきわめて珍しい経緯である。しかしこの遠回りこそ、クライスラーをバランスのとれた音楽家にしたのだろう。

このバランス感覚、言い換えれば「中庸」の精神こそが、クライスラーの生涯と藝術とを特徴づけるものだ。孔子が至高の徳とし、アリストテレスが幸福への鍵として、二人ながら口をそろえて称揚したこの精神をもって、クライスラーはこの後の困難な状況をも切り抜けていく。

大戦終結後

第一次大戦で本書にあるとおりの壮絶な経験をし、その後も先述のとおり、大戦終結まで雌伏を余儀なくされた。しかも、戦後もしばらくは在郷軍人会のような組織から度重なる嫌がらせを受け、コンサート中にホールの電源を切られたことさえあった。

塹壕での四週間に体験したことは、戦闘の最中でさえ、敵との人間的な交流が可能だということだった。国と国とは憎みあっていたとしても、戦場で敵兵との間に友情さえ芽生えさせることができる。だから、戦地での物理的攻撃よりも、帰還してからの周囲の心理的攻撃の方がよほどクライスラーにとってはこたえたのではないだろうか。この度の憎悪は、国ではなく自分個人に向けられていた。こちらは何一つ悪意を抱いていなかったのに、あることないことを言われ、書きたてられた。

クライスラー自身は、祖国のために命を賭けて戦うことに誇りを抱いていた。そして同時にその一種の騎士道的理想主義は、憎悪というものの存在をどこかに置き去りにしていた。結局、憎悪を生まない現実の戦争などないのだ、ということを、思い知らされることになる。

しかし、憎悪に憎悪をもってこたえることはしなかった。クライスラーがどんなときでもバランスを失わなかった強さの芯がここにある。

ただそれでも、この精神的苦難の中で、戦争や国家というものに対する考えは少しずつ変化していった。一九二一年の手記ではもはや軍人としてではなく、明確に藝術家としての立場を明らかにしている。音楽や藝術に国境はない、というのがその主張である。ブラームスはウィーンのものであると同時にパリのものでもあり、「山頂から見下ろせば国々の境などまるで判然としないのと同様に、より高い見地に立てば藝術の国籍は消滅する」。

今や「音楽は私の人生である」とクライスラーははっきりと宣言した。これ以降、クライスラーが戦争においていずれかの側に与《くみ》することはなかった。のちにナチスが台頭するにつれ、クライスラーを宣伝に使おうと画策したが、むしろ彼はナチが他国の音楽や音楽家を排斥するのに反抗して、ドイツでの演奏を一切拒んだ。当時、ベルリンに居を構えていたにもかかわらずである。

彼は、「藝術は国際的なものであり、いつなんどきであろうと私は藝術におけるショーヴィニズムに反対します」と言い放った。ナチはクライスラーの作った曲の楽譜の発売と、そのラジオ放送を禁止した。

さてしかし、もはや国家や民族という枠組みを乗り越えたと言っても、それは即音楽至上主義に行き着いたことを意味しない。ここでも彼の中庸の精神が発揮される。いずれかの国家に与しないばかりでなく、音楽という極に偏することもなかった。音楽は国家よりも価値として上ではあっても、現実的な力という点では音楽がなしえないこともたくさんあることをクライスラーは重々承知していた。

「私は、男女、子どもが飢えて死んでいったり死に瀕しているときに、音楽は、たとえその最上のものであろうとも、彼らを救うことはできないと主張する！　藝術家自身、空腹では歌うことも弾くこともできはしない。（中略）音楽は生活をすばらしいものにすることはできても、生活を支えることはできない。」

戦場で自身死線をさまよった者として、音楽が人生においてあるべき位置をわきまえていた。

こうした構えは、一般に「天才」と言われる人間のイメージからは遠いだろう。そしてこの点でクライスラーの生涯は、ある種物足りないとさえ思われるかもしれない。「天才」と言えば、能力もエネルギーもその方面だけに偏しており、その他の面では欠格しているような人間をついついわれわれは期待してしまう。

中庸の天才

ここがたとえば、同じオーストリア人で百年少し前に活躍したモーツァルトと大きく異なるところだろう。父親も音楽家だったため、幼いヴォルフガンクに見出した才能を決して取りこぼすまいと、息子を音楽漬けにした。おかげで非常に早くから大輪の花を咲かせたこの神童は、自分の人生をどう生きるかという問題にはあまりきちんと向き合う時間がなかった。

もう少し自身の生活に注意を向けていれば、もう少し長く生き、さらに円熟したもう少し多くの作品をわれわれに与えてくれていたのではないか。没年の三十五歳というのは、クライスラーなら一度目の遠回りをして、ようやくヴァイオリニストとして世界的に知られ、しかもこの後に従軍という二度目の遠回りをする前でしかない。

クライスラーはしかし、そうした遠回りの期間を差し引いても、トータルではモーツァルトより音楽家人生を長く生きた。音楽以外のものとのバランスを取りながら、後年、交通事故に遭い、一時は復帰を危ぶまれつつも、七十五歳まで現役を貫き、その後も十二年のゆったりとした余生を送った。

またたとえば、同じ神童ヴァイオリニストとして名高かったパガニーニと比較しても、クライスラーのバランス感覚は際立っている。それは生活面にかぎらず、演奏や作曲の面にも及ぶ。

パガニーニと言えば、十三歳で他から学ぶものがなくなり、演奏者として、また主にヴァイオリン曲の作曲者として名を高めていったが、その超人的な演奏技術、風貌、言動などにより、存命中から禍々《まがまが》しい伝説の主人公となっていた。曰く、「あの演奏技術は、悪魔と取引して魂と引き換えに手に入れたものだ」等。

作曲家としては、悪魔からの誘惑のような甘やかな曲から、悪魔しか弾きこなせないような超絶技巧を見せびらかすための曲まで、ともかくなにもかもが人間離れしていた。有名な「二十四のカプリス」の第十三曲は、「悪魔の微笑」と呼ばれている。

実生活においては恋と賭博に明け暮れ、梅毒の治療で水銀と阿片を服用し、五十歳を過ぎたあたりで水銀中毒のため楽器の演奏ができなくなる。演奏家人生も長いとは言えないが、亡くなったのも五十七歳とまだ若かった。

秘密主義者だったパガニーニは、自身の演奏の秘密を知られまいため、楽譜を自分で管理し、その多くを死ぬ前に燃やしてしまったと言われている。最後までデモーニッシュなエピソードの絶えない天才だった。

一方、クライスラーはと言えば、パガニーニ以降最大にして最後の作曲家＝演奏家と言われるが、自作をどんどん出版した。よく知られるとおり、初期は自分の名前を隠し、過去の大作曲家の名前とスタイルを借りたが、それは自分の名前では評価されないのではというおそれと、そして多少の茶目っ気とによるものだったろう。

重要なのは、クライスラーはパガニーニの曲を弾きこなし、編曲もしたが、しかし自身の書く曲は決して超絶技巧を要するようなものではなく、また鬼気迫るような激しさを伴うようなものでもなかったということだ。クライスラーは技巧のための技巧を見せびらかすようなことはしなかった。

『中庸』に「高明を極めて中庸に道《よ》る」と言う。至上を極めたとしても、それを実行するにあたっては平凡なかたちにすべきだ、という意味だが、まさしくクライスラーの音楽を言い表しているように思える。

極端に難易度の高い技術を要求せずとも、人の心に残るヴァイオリン曲をたくさん書いた。たとえば「愛の悲しみ」にしても、もの悲しくはあるが、決して愛に裏切られた絶唱ではない。

激しい曲と言えば、「序奏とアレグロ」が有名だが、これとて感情が秩序を破壊するような俗な激情ではなく、あくまで形式美を保っている。その点では、タルティーニのソナタのために書いたカデンツァも同様だ。悪魔から直接教わったと言われる、通称「悪魔のトリル」の最終楽章に寄せたクライスラー版カデンツァは、全体の曲調に合わせて多少デモーニッシュなところがあるし、また絶え間ないトリルは技巧的にも難しく見えるかもしれないが、パガニーニに比べれば全く楽で、タルティーニが書いたその楽章自体よりもおそらく弾きやすいだろう。

アリストテレスは、中庸をもたらすものは思慮だと言ったが、まことにクライスラーは思慮深く曲調や技巧をバランスよくコントロールしていた。

中庸は、これまで見てきたとおり、音楽においてだけでなく、クライスラーの生涯の全般に亘る特徴だと言える。彼の体幹の勁《つよ》さ、バランス感覚の鋭さは、ときに片側に振れそうになっても、すぐに平衡を取り戻す。

四週間の苛酷な塹壕体験は、たしかに軍隊や戦争への傾斜からクライスラーを引き戻したが、もう一方の極端へと振り切ることもなかった。国家としてのオーストリアに未練はなくなり、クライスラーはやがて第二次世界大戦のはじまりとともに、まずフランス、そして最終的にアメリカへと国籍を移す。しかし、文化としてのウィーンを終生愛してやまなかった。

また、軍での悲惨な体験は、彼の音楽に対する思慮を深めたかもしれないが、しかし、音楽が人生を圧倒することがあってはならないというブレーキも忘れなかった。音楽は人を落ち込ませるためではなく、楽しませるためにある、という信念は、塹壕体験によってなんら影響を受けることはなかった。重苦しかったり、絶叫したりという曲は終生好まなかった。

これで先の二つの疑問には答えられたことになるだろう。人生の行程の中で、塹壕体験は、クライスラーの生涯に暗い影を落とすことなく、むしろ愛すべき人間の範囲を自国だけから世界へと拡大するきっかけとなった。こうして彼は自分の人生にも折り合いをつけた。

若いときには軍人に憧れたものの、そこから一歩退き、音楽家としてもそこにかまけて生活をおろそかにすることなく、また富や名声を求めることもなかった。妻ハリエットの役割も大きかったと思われるが、慈善活動をずっと続け、もらった勲章は宝石を外して寄付し、貧しい後輩のヴァイオリニストには惜しげもなく名器を与えた。

こうした執着心のなさに多くの人は驚いた。レコード会社の重役は、有名な音楽家で録音に際して文句を言わなかった唯一の人間としてクライスラーの名を挙げた。オーケストラと共演する際は、できるだけリハーサルを短くし、カデンツァは最初と最後しか弾かなかった。このような気遣いのできる人間が周囲から愛されないはずはない。中庸は、自分だけでなく、周囲の人間の幸福にも寄与する徳だ。

そして後世の人間も、彼の遺した曲と録音とで彼を愛しつづけるだろう。それは、曲と演奏のどちらにおいても示されたこの中庸の精神が、殺伐とした世にあってバランスを失いがちな私たちの精神をも安定させるからだ。

〈訳者紹介〉

伊藤氏貴（いとう うじたか）
1968年生まれ。文藝評論家。明治大学文学部教授。
麻布中学校･高等学校卒業後、早稲田大学第一文学部を経て、
日本大学大学院藝術学研究科修了。博士（藝術学）。
2002年に「他者の在処」で群像新人文学賞(評論部門)受賞。
著書に、『告白の文学』（鳥影社）、『奇跡の教室』（小学館）、『美の日本』
（明治大学出版会）、『同性愛文学の系譜』（勉誠出版）等がある。

塹壕の四週間
あるヴァイオリニストの従軍記

定価（本体1500円+税）

乱丁・落丁はお取り替えします。

2021年 7月15日 初版第1刷印刷
2021年 7月21日 初版第1刷発行
著　者　フリッツ・クライスラー
訳　者　伊藤氏貴
発行者　百瀬精一
発行所　鳥影社 (choeisha.com)

〒160-0023 東京都新宿区西新宿3-5-12-7F
電話 03 -5948- 6470, FAX 03 -5948- 6471
〒392-0012 長野県諏訪市四賀229-1（本社・編集室）
電話 0266 -53- 2903, FAX 0266 -58-6771

印刷・製本　モリモト印刷

ISBN4-88265-900-2 C0098